镜迷宫

1

我怎么能够
把你来比作
夏天

莎士比亚十四行诗的世界

包慧怡 著

华东师范大学出版社

·上海·

图书在版编目（CIP）数据

镜迷宫：莎士比亚十四行诗的世界 / 包慧怡著 . —上海：华东师范大学出版社，2022
ISBN 978-7-5760-2934-5

Ⅰ.①镜… Ⅱ.①包… Ⅲ.①莎士比亚（Shakespeare, William 1564-1616）—十四行诗—诗歌研究 Ⅳ.① I561.072

中国版本图书馆 CIP 数据核字（2022）第 108484 号

上海文化发展基金会资助项目

镜迷宫：莎士比亚十四行诗的世界

著　　者　包慧怡
责任编辑　顾晓清
审读编辑　李玮慧　韩　鸽
特约编辑　罗　红　邹　斌
责任校对　周爱慧
封面设计　周伟伟

出版发行　华东师范大学出版社
社　　址　上海市中山北路 3663 号　邮编　200062
网　　址　www.ecnupress.com.cn
邮购电话　021－62869887
网　　店　http://hdsdcbs.tmall.com/

印　刷　者　上海昌鑫龙印务有限公司
开　　本　787×1092　32 开
印　　张　48.375
版面字数　756 千字
版　　次　2023 年 4 月第 1 版
印　　次　2023 年 4 月第 1 次
书　　号　ISBN 978-7-5760-2934-5
定　　价　298.00 元

出 版 人　王　焰

（如发现本版图书有印订质量问题，请寄回本社市场部调换或电话 021-62865537 联系）

目录

导论　　　　　　　**瘟疫中开出的诗束：**
　　　　　　　　　　　作为商籁诗人的莎士比亚

一、大瘟疫与"暴发户乌鸦"

　　1592 年注定是威廉·莎士比亚创作生涯中非同寻常的一年。在漫长的"消失的七年"后，仍在伦敦学艺的青年威廉的名字再次见于史载。不得志的剧作家罗伯特·格林（Robert Greeene）死了，留下一本怨毒地攻击了海量同时代剧作家的小册子，这本专门怼人的书（今天我们称之为文学批评）全名叫作《带着百万悔恨买下来的，格林的价值四便士的智慧》（*Greenes, Groats-worth of Witte, Bought with a Million of Repentance*），书中把莎士比亚称为"一只用我们的羽毛装扮起来的暴发户乌鸦（upstart crow），演员的皮肤包裹着一颗虎狼之心"。得到一线评论家的差评往往是伊丽莎白时代英国剧作家的成人礼，这意味着威廉不再是那个来自斯特拉福乡下的"小威子"（Will），而即将以"莎士比亚大师"（Master Shakespeare）的身份"震撼舞台"（Shakescene）。

就在这个节骨眼上，伦敦爆发了瘟疫。

这场地方性腺鼠疫比不上 14 世纪带走欧洲三分之二人口的那次大爆发，但它依然被称作黑死病，依然有百分之六七十的致死率，并被视作上帝烈怒的榨酒池、对普遍的道德沦丧的天谴、末日审判的预演。和中世纪不一样的是，鼠疫是伦敦剧院的死刑。1592 年 6 月 23 日，伦敦所有的戏剧演出被枢密院下令中止，原因是 10 天前的一场剧院暴乱。在各大剧团的强烈抗议下，这项法令似乎并未被严格执行，但六周后爆发的大瘟疫消除了一切商量的余地——除了大面积屠杀猫狗（反而为带菌的老鼠开辟了自由之路），当局的另一项抗疫手段就是取消除教堂弥撒外的一切聚集活动，当伦敦每天死亡超过 30 人时关闭剧场。这个日均死亡配额很快被超过，于是接下来的两年多内，包括莎士比亚在内的大批剧作家、演员、剧院经理彻底失去了营生。

作为远在斯特拉福镇的妻子和三个孩子的经济支柱，28 岁的已婚青年莎士比亚急需新的谋生手段。而他也很快找到了，并证明自己在新领域的才华比起在剧作领域毫不逊色。先后出版于 1593 年和 1594 年的长篇叙事诗《维纳斯与阿多尼斯》（*Venus and Adonis*）和《鲁克丽丝遇劫记》（*The Rape of Lucrece*）甫一付梓就为莎士比亚赢得了诗名。看起来，五步抑扬格就是我们威廉的亲姊妹，在鹅毛笔的召唤下将词语的飞花斜织成哀歌、宣叙调和狂想曲的密雨。诗人和他的赞助人南安普顿伯爵（这两首叙事长诗的题献对象正是这位比诗人小九岁的美少年）同样从中获益。

然而，在从 1592 年夏天伦敦剧院全面关闭起的两年内，莎士比亚投入了最多心血、最雄心勃勃，或许也倾注了最多个人情感的一项诗歌工程，其成果却要到近二十年后才为读者知晓。1609 年，《莎士比亚十四行诗集：此前从未出版》（下文简称为《莎士比亚十四行诗集》）由一位署名 T.T. 的神秘出版商在伦敦正式付梓，这本被后世称作"四开本"（Quarto）的诗集改写了英国诗歌史。此后的四百年内，人们将用莎士比亚的姓氏来命名这种由三节交叉韵四行诗与一节对句组成的英式十四行诗（尽管他并不是使用这种韵式的第一人），以区分于两节抱韵四行诗与两节交叉韵三行诗组成的意大利式十四行诗（亦称彼特拉克体）——这154 首莎士比亚体十四行诗（Shakespearean sonnets）被看作成系列的"连环商籁"（sonnet cycle），成了瘟疫、专政、宗教迫害、猎巫之幢幢黑影笼罩下的伊丽莎白-詹姆士时期英国捧出的最美丽而脆弱的诗歌花束。

二、"独身一人时对自己说的话"

"抒情诗"（lyric）一词的词源来自古希腊语竖琴（里拉琴，λύρα），希腊神话中手持竖琴以歌声打动冥王换回挚爱的俄耳甫斯（Orpheus）也常被看作西方第一位抒情诗人。在英语语境中，"抒情诗"这一术语直到 16 世纪晚期才正式出现，而用这个词来表示一首表达私人情感的诗作，则是 19 世纪晚期的事——出自《牛津英语词典》中收录的英国批评家约翰·罗斯金（John Ruskin）在 1873 年对"抒情诗"的定义"诗人对自身情感的特定表达"，这也是现代读者最熟悉的定义。到了20 世纪，海伦·文德勒（Helen Vendler）的定义进一步强化了该术语的私人性质和自传性质："抒情诗是属于私人生活的文类；它是我们独身一人时对自己说的话。"[1]

"罗斯金–文德勒"式的抒情诗定义虽然经典，严格来说却仅适用于文艺复兴及之后的抒情诗作，在考量古典和中世纪抒情诗时则会出现诸多问题。不妨以莎士比亚所使用的写作语言（早期现代英语，Early Modern English）的前身中古英语（Middle English）来略加阐释。首先，我们对绝大多数中古英语抒情诗作者的身份一无所知，这种普遍的匿名性决定了我们无法对这些作品进行任何基于诗人生平的研究，无法谈论一个在历史语境中有"情感表达"诉求的抒情主体。其次，即使许多中古英语抒情诗的确聚焦于对情感的表达，这种情感却很少是个人的和私密的，其表现程式往往依赖于一系列继承和发展自拉丁古典文学的修辞传统（convention）和文学主题（topos），[2] 比起仰仗超群心灵、个人天赋和对发出独特声音之渴望的浪漫主义式抒情，这些古老的诗歌更像是作者在约定俗成的文学程式中试炼技艺的结果，其性质更多地是公共的和开放的。前文艺复兴时期的抒情诗中的"我"即便使用第一人称单数现身，有经验的读者将能够看到众多披上了隐身衣的"我们"，要从这类本质上是复数的抒情主人公中析出具体诗人的个性，几乎是不可能的。

对我们来说幸运的是，主要写于16世纪晚期的莎士比亚

1 Helen Vendler, *Poems, Poets, Poetry: An Introduction and Anthology*, p. xlii.
2 本书始终在库尔蒂斯的意义上使用"主题"这个术语，该词源于希腊古典修辞术中 τόπος（地方）一词，为古希腊语 τόπος κοινός（常去的地方）之简称。在库氏《欧洲文学与拉丁中世纪》名为"主题学"的著名章节中，古典至中世纪文学–修辞体系中的任何常见主题或论证程式都可称为 topos（复数 topoi），英文也译作 topic。R. Ernst Curtius, *European Literature and the Latin Middle Ages*, pp. 79–105.

十四行诗，恰好处于符合"罗斯金-文德勒"式定义的这样一个现代抒情诗传统的开端处。作为抒情诗人的莎士比亚是旧时代的拾穗人，也是新世界的开荒者，是英语世界中确凿无疑用单数的"我"——无论在形式上还是精神上——抒发情感的最早的一批诗人之一。

抒情诗这一体裁最有力的表现场域之一，是赋予诗中的叙事者千变万化的语气，通过语气来比拟生活中所知的各种关系，比如爱人的渴望、母亲的温柔、罪人的内疚等。它可以揭示抒情主人公置身其中的各类社会关系，也让读者窥见斯时斯地各种可被普遍接受的、被纳入社会规范的、机构化的情感，如家庭责任与亲情、宗教虔诚、经过文学想象塑造和礼仪化的宫廷之爱等。但是，诚如文德勒提出的这个重要问题："如果诗人不想表达这样的关系，而是要重新定义它们，应该怎么办呢？比如，渴望一种比教会所提供的更亲密的与神的关系；或试图塑造一种尚未被社会认可的男性之间的情爱关系？"[1] 这后一种关系，将会在 19 世纪末 20 世纪初被另一位多才多艺的剧作家诗人奥斯卡·王尔德称为"一种不敢道出其名字的爱"。在莎士比亚的前 126 首十四行诗中，我们清楚地看见了这种爱的多种演绎形式，它能够唤起的遍及世界万物的柔情，以及这种柔情能将心灵的创造力所提升到的高度，能赋予双眼的崭新的透视术：

商籁第 24 首

我的眼睛扮演了画师，把你

---

1 海伦·文德勒，《看不见的倾听者：抒情的亲密感之赫伯特、惠特曼、阿什伯利》，第 8 页。

美丽的形象刻画在我的心版上；
围在四周的画框是我的躯体，
也是透视法，高明画师的专长。

你必须透过画师去看他的绝技，
找你的真像被画在什么地方，
那画像永远挂在我胸膛的店里，
店就有你的眼睛作两扇明窗。

看眼睛跟眼睛相帮了多大的忙：
我的眼睛画下了你的形体，
你的眼睛给我的胸膛开了窗，
太阳也爱探头到窗口来看你；

　　但眼睛还缺乏画骨传神的本领，
　　只会见什么画什么，不了解心灵。

三、"俊美青年"与"黑夫人"之谜

　　莎士比亚的154首十四行诗主要有一男一女两名致意对象（addressee），他们既是诗系列中的"剧中人"（*dramatis personae*），又常被相信是与莎士比亚的生活有真实交集的历史人物。其中第1首到第126

首写给一位肤色白皙的"俊美青年"（Fair Youth，诗人常称之为"俊友"，Fair Friend），第 127 首到第 152 首写给一位肤色深谙的"黑夫人"（Dark Lady），最后两首没有特定的致意对象。对于"俊美青年"真实身份的揣测是莎学史上一些最著名或臭名昭著的论辩的核心，也是一段四百多年来悬而未决、在可预见的未来眼看也无望解决的公案。十四行诗集在 1609 年初次刊行时，四开本的扉页上有一段短短的、分行的题献词，学界公认其中隐藏着解开"俊友"身份之谜的钥匙。但这段题献词不是由作者莎士比亚本人写的，而是以出版商的名义写的，拙译如下：

谨致以下刊行的

十四行诗的

唯一的促成者

W.H. 先生

祝他享有一切欢愉

并愿

我们永生的诗人

所保证的不朽

能够实现。

满怀好意

冒昧付梓的

出版者

　　T.T.

"T.T." 即出版商托马斯·索普（Thomas Thorpe）姓名的缩写，"我们永生的诗人"即指莎士比亚，而所谓这些十四行诗"唯一的促成者 W.H. 先生"，自然而然地被认为是指第 1—126 首十四行诗的缪斯，即那位"俊美青年"。那么，W.H. 先生究竟是谁？四百年来，学界就此争议不绝，并根据现已掌握的关于莎翁生平的材料为 W.H. 先生提出了众多的候选人。

其中呼声最高的就是年轻的南安普顿伯爵（Earl of Southampton），上述莎士比亚早期长诗《维纳斯与阿多尼斯》和《鲁克丽丝遇劫记》的赞助人和题献对象，也是狂热的戏剧爱好者，长时间泡在伦敦的各大剧院中，与不少名演员和剧作家过从甚密。以史蒂芬·格林布拉特为代表的一些新历史主义学者认为莎士比亚有充分现实的动机将十四行诗集献给南安普顿：这位伯爵自幼丧父，早早成了当时英格兰最有权势的人之一、伊丽莎白一世的财务大臣伯利勋爵的侍卫和被监护人，作为交换，如果伯爵 21 岁成年时拒绝监护人为他安排的婚姻——伯利勋爵希望南安普顿娶自己的孙女为妻，就需要缴纳一笔五千英镑的巨额赔偿。南安普顿从少年时代起就表现出对婚姻的不屑，当他的力比多不在打猎、战争或剧院中释放时，这位受过文艺复兴时期优质人文主义教育的伯爵对自己的期待是成为艺术和艺术家的恩庇者。随着伯爵的 21 岁生日逼近（1594 年 10 月 6 日），假如其家中有人看到伯爵对诗歌和戏剧的热爱，而已届三十的莎士比亚又恰好处于伯爵的交际圈中一个可以向他题献作品的位置，那么委任这位诗人、剧作家度身定制一套诗作——至少是十四行诗集中前 17 首劝婚主题的诗——似乎是一种合理的可能。[1] 与此同时，现存南安普顿伯爵的肖像上，他的一头蜷曲的淡栗色长发披肩倾泻而下，眉目清秀如一名少女，一只耳朵上还戴着精致的耳环，似乎很符合十四行诗中盛赞他美貌的人设；并且，和这幅肖像被同一个家族保存而一起流传下来的，还有一幅出自同一画匠或工作室之手的莎士比亚肖像，即著名的莎士比亚"柯布肖像"（Cobbe Portrait）。人们猜测可能是伯爵为自己画像时顺便给莎士比亚定制了一幅，这更佐证了两人之间的亲密关系。不过，T. T. 的题献中提到的青年名叫"W.H. 先生"，而南安普顿伯爵的姓名是亨利·里欧赛斯利（Henry Wriothesley），首字母缩写是 H.W.——就算这位爱玩字谜的 T.T. 故意颠倒了字母，南安普顿作为一名世袭贵族，人名前的正式称呼应当是"大人"（Lord），而不是献词中的平民称呼"先生"（Mr）。在阶级意识森严的伊丽莎白一世与詹姆士一世时代，在正式出版的诗集的扉页称一位伯爵为 Mr，在最乐观的情况下也是莽撞和危险的。因此，南安普顿从来也不曾成为"俊美青年"的完美候选人。

第二位备受支持的候选人也是莎士比亚的赞助者——更为年轻的彭布罗克伯爵（Earl of Pembroke）。这位名叫威廉·赫伯特（William Herbert）的贵族青年的姓名首字母缩写为 W.H.，正好可以和题献对上，但这个假设同样面临彭布罗克不是一位"先生"的困境。威廉·赫伯特来自一个有着深远文学传统的家庭：他母亲玛丽·西德尼的哥哥是当时最显赫的宫廷诗人和诗论家菲利普·西德尼爵士（Sir Philip Sidney），著名的《诗之辩》的作者，他的《爱星者与星》（*Astrophel and Stella*）在莎士比亚的十四行诗集问世前被公认为 16 世纪最出色的英语

---

1 Stephen Greenblatt, *Will in the World: How Shake-speare Became Shakespeare*, Ch. 8.

连环商籁集，莎士比亚亦是其忠实读者；玛丽·西德尼夫人自己是一名诗人、译者、热心的文学赞助者和沙龙女主人，在伊丽莎白的宫廷文人圈中占据隐秘的中心地位。赫伯特本人则因为热心赞助戏剧和学术被称作"对那个时代的学者而言最伟大的梅塞纳斯"——奥古斯都的好友梅塞纳斯曾是维吉尔和贺拉斯的赞助人。在支持 W. H. 先生是赫伯特的研究者看来，玛丽·西德尼在她的沙龙及其外围圈子中挑一位有潜力的诗人为自己的儿子、未来的彭布罗克伯爵创作一组十四行诗，用她深信能够借助他对文学的热爱对他起作用的方式规劝他早日成婚，是完全有可能的。[1] 不过，持这种看法的学者不是认为莎士比亚只将晚期的诗作献给了彭布罗克伯爵（早期的献给南安普顿伯爵），就是干脆认为此前的写作时间断代出了问题——整部《莎士比亚十四行诗集》干脆是 1590 年代最后几年，甚至是 17 世纪初的作品，因为 1592 年伦敦爆发瘟疫时，未来的彭布罗克伯爵只有 12 岁，即使以伊丽莎白时期的标准来看，作为精心定制的催婚催育之作的受赠人也未免太年轻；不乏有数字人文领域的学者用最新的词频计算工具得出《莎士比亚十四行诗集》的词汇特征属于偏晚年代的结论，即使这会与之前得到过充分论证的写作背景和文本传播证据产生矛盾。

机灵的读者想必早已看出问题：要确定历史上 W. H. 先生的真实身份，是一场变量太多，以至于无法择其一二来控制变量以进行可信研究的实验，涉及历史、文学、词汇学、档案学、版本学、字迹学、作者身份理论学等诸多领域的太多谜题，到处是失落松散的线头，以及看似咬合，实则禁不住一撬的砖缝。假如《莎士比亚十四行诗集》根

1 Michael Wood, *In Search of Shakespeare*, Ch. 9.

本不是委任之作，是一种知其不可能而为之的告白呢？假如劝婚和矫饰是面具，面具底下是深渊，其扎根的情感土壤无定型也深不可测呢？又或者这些"糖渍的十四行诗"根本无关"恋爱中的莎士比亚"，而是诗人对以诗歌来塑造和定义全新的关系这门手艺的极限试炼？在措辞相对直白的前 17 首诗之外，所有十四行诗都如一座镜迷宫中的玻璃构件，反射、折射、映射出瞬息万变的词之力场；就算是最常被看作委任之作的前 17 首，进入它们内部的可能角度又何止万千？

《莎士比亚十四行诗集》的第 127—152 首是献给一位同样匿名的"深肤女士"或曰"黑夫人"的，自然，黑夫人的身份也早已得到了汗牛充栋的研究。"黑夫人组诗"中第 133、144 首等明确点出了"我"被卷入的三角关系——诗人自己的情妇夺走了他钟爱的俊友，考据派们为了把三角关系说圆，很大程度上需要借助对俊友身份的判断来揣度黑夫人的身份。那些相信彭布罗克伯爵就是俊友的学者，多半认为黑夫人就是彭布罗克的情妇、伊丽莎白一世的贴身女官玛丽·芬顿（Mary Fitton）。那些相信俊友是南安普顿伯爵的学者则为相对应的黑夫人不断贡献证据——南安普顿的情妇、贵族出身的伊丽莎白·维农（Elizabeth Vernon）同样是女王的高等贴身侍女，她和南安普顿的私情一度招致女王的盛怒，但两人最终在南安普顿 25 岁那年秘密结婚（我们会记得 21 岁时他仍不惜支付罚金以拒绝包办婚姻）。根据这些以及更多类似的详实考据，有妇之夫莎士比亚就这样深陷与自己的恩主，以及恩主的情妇之间的危险关系，这种关系耸人听闻又诱人猎奇，荷载着三重背德的压力、性别与伦理禁忌，甚至性命之虞，因而越发如宫廷剧般充满戏剧张力——但"事实"果真如此吗? 诗歌的事实不能和日记的事实画等号，莎士比亚也从没有一刻将十四行诗集作为一种私人日志来书写。抒情诗关心的是如何"在心理上可信，在情感上动人，在美学上有力"，一如文德勒所言，它未必是诗人对一场关系的中立描写，而更关乎"在读者的想象中建立一种更值得赞赏的伦理关系，一种比目前世上存在的更令人向往的伦理关系。这是诗人的乌托邦意志，欲望要召唤出一个尚未在生活中实现的——但设想可以实现的——可能性的形象"。[1] 既然莎士比亚最终决定在 1609 年让这些诗稿以精美的四开印刷本的形式公之于众——出版商托马斯·瑟普专门在《莎士比亚十四行诗集》书名后加上了"此前从未出版"的副标题（部分是为了回应 1599 年未经莎士比亚授权的盗版诗集《激情的朝圣者》)，并在致辞中以"我们永生的诗人"的名义向 W.H. 先生致敬，各种证据都指向 1609 年四开本诗集的确经过了诗人授权——那么我们完全可以相信，十四行诗集不仅是莎士比亚习诗的阶段性成果，更是一种关于伦理之可能性的试炼集，诗人在其中想象了一类比他本人——或任何人——现实中拥有的更自由、更具创造力、更能打开和示现心灵的无穷秘密的关系，爱情、友谊、情欲等词汇均不能精准地定义这关系，抒情者与看不见的致意对象之间的亲密，是与未来和希望的亲密。诗集中以第 116 首为代表的"无人称商籁"，也是诞生于这种尚不具名的亲密的，对"爱"之应然面目的呼唤:

让我承认，两颗真心的结合
是阻挡不了的。爱算不得爱，

1 海伦·文德勒，《看不见的倾听者》，第 14 页。

要是人家变心了，它也变得，

或者人家改道了，它也快改：

不呵！爱是永不游移的灯塔光，

它正视暴风，决不被风暴摇撼；

爱是一颗星，它引导迷航的桅樯，

其高度可测，其价值却无可计算。

爱不是时间的玩偶，虽然红颜

到头来总不被时间的镰刀遗漏；

爱决不跟随短促的韶光改变，

就到灭亡的边缘，也不低头。

假如我这话真错了，真不可信赖，

算我没写过，算爱从来不存在！

四、可能性之美德，或必要的谎言

在诸多"黑夫人"的理论中，最大胆的或许是关于黑夫人即女诗人艾米莉亚·拉尼尔（Emelia Lanier）的假说。艾米莉亚比莎士比亚小六岁，是他在诗歌上的同行——她是第四个用英语写作并出版作品的女性，也是英国境内第一位公然以诗人身份出版作品的女性。她的代表诗集标题《赞颂上帝，犹太人的王》(*Salve Deus Rex Judaeorum*)据说是她犹太血统的反映——有学者认为她是最早批判反犹主义的女性作者——但她确凿可考的故乡是意大利。艾米莉亚的父亲是出生于威尼斯、在伊丽莎白一世宫内供职的专职乐师，这不仅意味着这位女诗人熟谙宫廷文化及其游戏规则，也意味着她的社交圈与莎士比亚本人（尤其是 1590 年代后期）重合，而两人在其中处于一个极其不稳固的阶层，都相信自己的才能配得上更好的社会地位。在伦敦爆发大瘟疫和我们相信莎士比亚开始密集写作十四行诗的 1592 年，艾米莉亚怀上了女王的表兄、第一代亨斯顿男爵(Baron of Hunsdon)亨利·卡莱的孩子，或许是为了避免丑闻，她当年就与自己的表兄，也是宫廷音乐家的阿隆索·拉尼尔结婚——她的情人亨斯顿男爵的正式职务是女王的宫务大臣，而作为剧作家和演员的莎士比亚恰恰长时间供奉于"宫务大臣剧团"(Lord Chamberlain's Men)。莎士比亚是否对这位同行惺惺相惜，以至于冒着失去一切的风险与其上司的情妇发展浪漫关系? 或者吸引他、令他沉沦又自我厌恶的，是传说中她的深暗肤色? 对于当时一辈子不曾离开高纬度不列颠群岛的多数英国人而言，意大利人或来自地中海附近任何地区的外邦人，都自带和"犹太人"差不多程度的异域情调，罔顾族裔和人种学事实，和《威尼斯商人》的夏洛克、《奥赛罗》的奥赛罗、《安东尼与克里奥帕特拉》的埃及艳后类似，他们被认为在精神上不够"白皙"(fair)，这就足以使"黑夫人"成为一种同时指涉外表和心灵的称呼。任何读过黑夫人组诗的读者都很难为这一点辩护: 在莎翁这些十四行诗中，"黑色"带有原罪，是白皙、美丽、光明（这些词都可以用同一个单词 fair 表达）的对立面，是别处、异域、他者的颜色，也是道德可疑、伦理暧昧甚至地狱和永罚的色彩。更多线头浮出水面，不同倾向的读者会抓住自己的那一条，孤独游向各自的真相之岸。甚至有学者认为第 127—152 首十四行诗直接出自艾米莉亚·拉尼尔本人，是她假托情人莎士比亚的名字，为自己乃至为所有遭污名化的女性立传的幽灵手笔。离谱、逻辑不自洽、耸人听闻、文本背叛意图？你的质疑或许都没错。但恰如在关于《莎士比亚十四行诗集》的一切事物中，可能性生根开花之处，正是提醒我们故地重游——或至少是驻足停留——对已被框入某种公共或个人的诗学"真相"的那些诗行投去新生的目光的时刻。假如诗人曾在商籁第 138 首中不经意道出情场沧桑的经验之谈，"爱情最美的外衣是表面的信任"（love's best habit is in seeming trust），[1] 读诗者最好的外衣又何尝不在于"表面的信任"、习惯性的重读、对可能性之种子的尽心呵护？正是：

> 我爱人起誓，说她浑身是忠实，
> 我真相信她，尽管我知道她撒谎；
> 使她以为我是个懵懂的小伙子，
> 不懂得世界上各种骗人的勾当。
>
> 于是，我就假想她以为我年轻，
> 虽然她知道我已经度过了盛年，
> 我痴心信赖着她那滥嚼的舌根；

---

1 梁宗岱译为"爱的习惯是连信任也成欺诈"。"习惯"（habit）这个词源自拉丁文 *habitus*，在古法语和中古英语中作为动词表示"穿衣服"，在近代英语和现代英语中则多作名词表示"衣服""外衣""外套"。

这样，单纯的真实就两边都隐瞒。

但是为什么她不说她并不真诚？

为什么我又不说我已经年迈？

呵！爱的好外衣是看来信任，

爱人老了又不爱把年龄算出来：

　　所以，是我骗了她，她也骗了我。

　　我们的缺陷就互相用好话瞒过。

五、"别小看十四行"

　　或许有必要在正式启航前，最后概述一下莎士比亚为自己选择的主要抒情诗体——十四行诗——的文类历史，及种种我们在正文的分析中会用到的术语。熟悉英诗格律的读者大可以跳过这一部分。

　　十四行诗（sonnet）这个词在中文里旧译"商籁"，这是一个音译。它起源于拉丁文阳性名词 sonus（声音，声响），演化为古普罗旺斯语的 sonet（一首小诗）或 son（短歌），随后演化为中世纪和近代意大利语中的 sonetto，该词已经用来确指由十四行组成的抒情诗，这个意义也在现代英语的 sonnet 这个词中原封不动地被保留下来。学界一般认为十四行诗起源于 13 世纪的意大利，甚至考据出了第一位以十四行诗形式写作的诗人的名字——贾科莫·德·兰蒂尼（Giacomo de Lentini），虽然没有任何现存的意大利语十四行诗可以确凿地归于他名下。13 世纪以降，意大利密集出现了一大批优秀的十四行诗作者。但丁在早期诗集《新生》中写了 25 首十四行诗，致意对象即《神曲》的女主角碧雅特丽奇，第一次将世俗爱欲与宗教情感在这一方言诗体中完美结合。还有米开朗琪罗，多数人对他的文学成就不太了解，其实他留下了三百多首生前从未出版的诗歌作品，艺术成就不亚于他在建筑、绘画、雕刻领域的成就，其中许多都是十四行诗。但丁、彼特拉克、米开朗琪罗，这三个活跃于中世纪盛期至文艺复兴早期的托斯卡尼同乡人的创作生涯，正是托斯卡尼方言作为诗歌语言登上历史舞台的过程，也见证了意大利体商籁日臻成熟，并在英国变体后生根开花，最终成为近代最重要的诗体之一的历史。

成就最高的意大利语十四行诗的作者自然是彼特拉克。14 世纪时，彼特拉克《歌集》(*Canzoniere*) 中给劳拉的三百多首十四行诗把这一诗体推向修辞之巅，以至于意大利体十四行诗 (Italian sonnet) 被永远冠以"彼特拉克十四行诗"(Petrachan sonnet) 的别名。与它相对的就是英国体十四行诗或英式十四行诗 (English sonnet)，也就是一般所说的莎士比亚体十四行诗 (Shakespearean sonnet)，两者在结构和韵式上存在诸多差异。这一部分是由语言自身的特性决定的，我们没有篇幅在此展开论述。粗略言之，意大利语的屈折变化较英语发达，致使意大利语比英语更容易押上尾韵——有一句玩笑话是"用意大利语写诗时，避免押韵要比押上韵更难"，每首诗为了达到特定音效所必需的韵脚也就较少。一首典型的意大利体十四行诗的韵脚规则是，先行的

"八行诗"（octave）中采取抱韵（enclosed rhyme），即 abbaabba，紧随的"六行诗"（sestet）中则有 cdecde 或 cdcdcd 两种最常见的韵式可选，偶尔也有 cdedce 的变体。无论在哪种情况下，意大利体十四行诗中出现的不同韵脚都不超过四个或五个。

在英国，十四行诗体主要是由宫廷诗人托马斯·怀亚特爵士（Sir Thomas Wyatt）于 16 世纪引入都铎王朝的文学舞台的。怀亚特本人，以及十四行诗在英语中最早的实践者们，起先采取的都是意大利体十四行诗的韵式。由于英语中的外来词占比非常高（在本身日耳曼语族古英语词汇库的基础上，还有斯堪的纳维亚诸语、诺曼法语等曾经的殖民语种的影响），并且在语言的发展过程中失去了大部分屈折变化，所以不像屈折变化丰富而严格的意大利文那么容易在词尾押韵。此外，作为文学语言的英语登上历史舞台也不过区区两百多年：在中世纪英格兰通行的三种语言中，中古英语的地位一直是垫底的，即所谓平民使用的俗语（vernacular），口头流传的成分远远大于书面使用的成分。文学作品或者任何严肃的书面文件多用拉丁文或诺曼法语写成，这种情况直到"英国诗歌之父"杰弗里·乔叟在 14 世纪晚期写出《坎特伯雷故事集》后才大为改观。那之后，用英语写作不但不再被歧视，还被看作是一件颇具英雄气概的事，是为正在逐渐成形的英格兰本土文学添砖加瓦的顺势之举。

到了商籁进入英语的 16 世纪，如何将一种舶来的诗歌形式本地化，让这种短小精悍的诗体能扬长避短，在英语中更加自由地舒展拳脚，是以萨雷伯爵（Earl of Surrey）为代表的英式十四行诗的早期垦荒者关心的事。主要是在萨雷伯爵手中，英式十四行诗确定了我们今天所熟悉的基本韵式：三节押邻韵（ababcdcdefef）的"四行诗"（quat-rain）加一个双韵（gg）"对句"（couplet）。不难看出，一首经典的英式十四行诗需要七个韵脚，多于意大利体十四行诗，这种韵式有助于克服英语单词较难押尾韵的局限，为诗歌的内容能够"不害于韵"、自由表达开拓了更大的空间。但"英格兰化"之后的十四行诗的分行，其实对行诗的逻辑或曰诗蕴（logopoeia）提出了更高的要求，比如怎样在最后短短两行中完成对此前三节的箴言式的概述或反转，而又不显得太过教条和生硬。

意式和英式十四行诗各有优势和局限，本无绝对的高下难易之分，决定一首十四行诗优劣的还是诗人的技艺和才情。莎士比亚并非第一个采取英式十四行诗韵式写作的形式革新者——他是在一个已有半个多世纪实践史也诞生了不少优秀十四行诗作的文学传统中写作的——英式十四行诗最后却以他的姓氏命名，皆因他是一位绝无仅有、承上启下的传薪者。

在英语十四行诗写作领域，弥尔顿、华兹华斯、白朗宁夫人、济慈、叶芝等都是莎氏门徒。虽然十四行诗体在今日常被看作古旧保守，属于已逝的年代，但它在极其有限的空间中蕴含的无限潜能、提出的多种微妙复杂的诗学挑战，都是其张力和持久生命力的保证。七百多年来，离开了意大利老家的十四行诗体不仅在欧洲诸多主要语言中生根，各成体系，更是一路向东，在俄语和现代汉语这样遥远的土壤中开出陌生而奇绝之花。正如华兹华斯在这首"以十四行诗体论十四行诗"的"元诗"中所写：

别小看十四行诗；批评家，你皱起双眉，
忘了它应得的荣誉；像钥匙一把，
它敞开莎士比亚的心扉；像琵琶，
彼特拉克的创痛靠它来抚慰；

像笛子，塔索吹奏它不下千回；
卡蒙斯靠它排遣逐客的离情；
又像桃金娘莹莹绿叶，在但丁
头上缠绕的柏枝里闪烁明辉；

像萤火，它使温雅的斯宾塞振奋，
当他听从召唤，离开了仙乡，
奋进于黑暗的征途；而当弥尔顿
见一片阴霾潮雾笼罩路旁，

这诗便成了激励心魂的号角，
他昂然吹起来，——可惜，吹得还太少！

（杨德豫 译）

六、千朵繁花

1592 年的大瘟疫终究在两年多后逐渐平息，伦敦各地的剧院再度开放，莎士比亚也从他短暂的诗歌创作生涯中退场，转而拉开他作为剧作家在这"宛如舞台的世界"（all the world's a stage）上最闪耀的帷幕。叙事诗《维纳斯与阿多尼斯》和《鲁克丽丝遇劫记》使他得以作为诗人（the bard）站稳脚跟，也在一定程度上解决了金钱上的燃眉之急，但那 154 首近乎自传性质的、诉说隐秘激情的连环商籁似乎被作者彻底遗忘了。如果它们在 1609 年前曾经有过读者，很可能仅仅通过誊抄工整的手抄本形式在小圈子内传阅，并在 1598 年被某个热衷八卦的评论家称为"在私交间传阅的糖渍的十四行诗"。那些在墨迹间绽放的紫罗兰、金盏菊、百合、大马士革玫瑰、阿拉伯婆婆纳连同其他博物密码一起，被谨慎地织入了情诗修辞的经纬深处，如同威廉少年时参观过的中世纪晚期"千朵繁花"（millefleur）宫廷壁毯，长存于背光阴暗之地，等待细心的观者从特定的角度捕捉其一瞬的光华。

或许这也是为什么俊友和黑夫人的身份至今是个没有确解的谜团，甚至无法确认他们是否真正在历史上存在过，这对莎翁的读者和本书作者都是至为幸运之事。一如文德勒所言："当亲密关系的对象永远不会被看见或知晓，却能被人唤出时，抒情诗内在而基本的创造亲密感的能力也许最为惊人……未见的对方成为未见的倾听者，锚泊住诗人即将流入虚空的声音。"这种由白纸传递或至少是铭刻的亲密感源自抒情者最本质的孤独，这份必要的孤独如通灵般召唤出诗人在现实中或许无法拥有的、耐心而理想的倾听者。千朵繁花背面，文艺复兴的儿子莎士比亚站到了英语语言中现代抒情诗传统的开端处。

"自恋是一生浪漫史的起点"（To love oneself is the beginning of a lifelong romance），说出这句话的王尔德本人也是一位通过创作小说来研究莎士比亚的另类莎学家（参见商籁第 20 首的解析）。把 oneself 改成 Shakespeare，我更愿意说，爱上莎士比亚才是我们一生中历久弥新的、孤独又自洽、丰盈而深刻的浪漫史的开端。

日语中有"万华镜"（カレイドスコープ）一词，指的是我们儿时都曾沉迷的、由三棱镜和碎花片组装而成的万花筒，同时也是一种稀有的、蓝紫色镶白边的绣球花的名字。进入莎士比亚十四行诗的世界也如进入一座镶满镜片的迷宫，穿过所有阴晴不定的词语密室和音节回廊，你我未必能找到出口，但或许都能找到某个版本的、意料之外的自己。

但愿本书能为每一个不畏迷路的心灵探险者推开一扇隐秘的镜门。

牧羊女与吹笛者"千朵繁花"壁毯，约1530年

1816年伦敦地图上的熊花园与环球剧院

莎士比亚的"柯布肖像"

莎士比亚度过早期职业生涯的"天鹅剧院"
（1595 年素描）

体例说明

　　莎士比亚留下的 154 首十四行诗是一个完整而宏大的"诗系列"，既可以被当作一种大型四幕连环剧整体解读，也可以作为抒情诗杰作一首首单独解读，本书采取的是后一种读法。逐一解析这些诗作是个贝希摩斯巨兽般庞大的工程，原诗集中单独的诗作并无标题，仅以数字标记，历代注家若非沿袭数字标记法，就是援引每首诗的第一行作为诗题。鉴于本书着重"主题"（topos）研究，且为便于读者在中文语境中检索起见，我在保留数字标记之外，为每首十四行诗起了类似于"关键词"或"题眼"的标题。这当然是不得已而为之的方法，可以说所有的莎士比亚十四行诗都不止一个"题眼"，但这样也有助于我们进一步将庞杂的 154 首诗作分为六大主题：

　　Ⅰ. 聚焦青春、美与繁衍的"惜时诗"（*carpe diem* poems）；

　　Ⅱ. 探讨诗艺与永恒的"元诗"（metapoems）；

　　Ⅲ. 涉及元素、星象、炼金等知识的"玄学诗"（metaphysical poems）；

IV. 以植物、动物等自然生物或景象为奇妙喻体的"博物诗"（naturalist poems）

V. 演绎爱情与情欲的种种内心戏剧、以"爱"为基调的"情诗"（love poems）；

VI. 处理情欲的暗面，尤其是欲望、憎恨与自厌之纠葛的"反情诗"（mock love poems）

自然，这仍是不得已而为之的主观而粗略的分类，读者可以根据自己的阅读进路提出新的分法。其中，除了"惜时诗"——全书第1—17首十四行诗，英语学界常直白地称之为"繁衍诗"（procreation poems）——是连续排序的，其他五类诗作均零星分布于《莎士比亚十四行诗集》的不同位置，并无显著规律可循。我们也会遵照国际学界的惯例，时不时使用"俊美青年组诗""俊友诗序列"（都指全书第1—126首以 Fair Youth/Fair Friend 为致意对象的诗）或"黑夫人组诗""黑夫人诗序列"（指编号为127—152首的以 Dark Lady 为致意对象的诗）这类并不精确但因便捷而有用的术语。在单独篇目的解析中，我们会在必要处援引位于前后的十四行诗进行对参。

本书的诗歌正文部分为中英对照，其中莎士比亚十四行诗的完整中译采取的是屠岸先生的优秀译本。但在具体逐行分析文本时，为了尽可能还原莎士比亚原文中的双关、隐喻、用典等细节，会在引用英语原文的同时，给出笔者自己的译文或别的中译。比起在汉语中复刻原诗尾韵等形式上的考量，拙译更侧重于尽量保留原诗的句式、用词、结构，尽量遵循"不省词、不归化、不合并"原则，以期在已有的用词优美的中译之外，可以有一个比较"硬"的参照译本，邀请读者以多种方式接近原诗。因此，**如发现解读中部分引诗的中译与屠译有出入，还望读者诸君格外留意，尽可能回到原文，参照直译和意译，甚至尝试给出自己的中译，体会诗歌语言在任何翻译过程中难以避免的偏离和得失，进而以更切肤而个人的方式介入莎士比亚的诗歌语言。**

书中引用的莎士比亚戏剧中译如无说明，均出自朱生豪先生的散文译本。书中其他作家和学者的作品引文，包括多数早期现代英语文本（如杰拉德《草木志》），如无额外标明，均由作者自译；对于其中（莎士比亚十四行诗之外的）独立成段的诗歌译文，均标明译者以示版本差异。为方便一般读者阅读，本书正文注释和引用格式从简，完整的书目信息请参阅列于书末的参考文献。

2018 年夏天起，我应邀在复旦校园旁的悦悦书店作了一系列以莎士比亚与诗歌为主题的公开讲座，此后又陆续在悦悦书店录制了《镜迷宫：莎士比亚十四行诗的世界》的 160 集音频课程。本书脱胎于这两年多教学实践的讲稿。将充满口语表达、力图清晰易懂的讲义修改成书稿是一件难度远远超出我预期的工作，称之为赫拉克勒斯的试炼也不为过。我希望能邀请尽可能多的读者加入到阅读莎士比亚的盛宴中来，无论年龄阅历、专业背景，却又不愿越俎代庖地替读者稀释或简化莎士比亚。作为教师的我希望这本书能鼓励青少年甚至孩子们尝试养成阅读、朗诵、背诵莎士比亚的习惯；作为学人的我则期待通过本书与其他研究者切磋，尝试对中文语境下（比起莎剧）相对冷门的莎氏十四行诗研究有所贡献。在时常矛盾的多重诉求的角力中，转眼三年又飞逝而过，我把70万字的讲义多次打磨，在表达方面则尝试了一条游离穿梭于口语和书稿语言的"中间之路"。当然，每位热爱莎士比亚的读者，最后都会寻得一条独属于自己的、同语言发生"终生浪漫史"的路。

感谢我的硕士导师谈峥教授，十五年前，谈老师在复旦开设的"莎士比亚十四行诗"选修课是我个人完整精读154首商籁的起点；近五年来，我在高校研究所、中小学、书店沙龙、社区图书馆乃至街道里委等各类场合讲解过莎士比亚和十四行诗的艺术，来自这些八岁至八十岁的听众的热情反馈是我最宝贵的财富。

一切粗疏和遗憾归我，荣耀归于莎士比亚。愿此路风光旖旎，与生命同长。

包慧怡

2021年5月于缮写室 一稿

2022年12月 二稿

《杰拉德·约翰逊在斯特拉福为莎士比亚塑像》
（本·琼森正将诗人的死亡面具递给雕塑家），
亨利·沃利斯，1857年

我们要美丽的生灵不断蕃息，

能这样，美的玫瑰才永不消亡，

既然成熟的东西都不免要谢世，

娇嫩的子孙就应当来承继芬芳：

但是你跟你明亮的眼睛结了亲，

把自身当柴烧，烧出了眼睛的光彩，

这就在丰收的地方造成了饥馑，

你是跟自己作对，教自己受害。

如今你是世界上鲜艳的珍品，

只有你能够替灿烂的春天开路，

你却在自己的花蕾里埋葬了自身，

温柔的怪物呵，用吝啬浪费了全部。

可怜这世界吧，世界应得的东西

别让你和坟墓吞吃到一无所遗！[1]

商籟
第 1 首

————

总序
惜时诗

1　如《体例说明》所述，本书完
整的十四行诗中译如无特殊说明，
均采取屠岸先生的译本。但在具
体诗歌的逐行分析中，为了更全面
地呈现莎士比亚诗歌语言的样貌，
笔者时常会给出自己的中译或别
的译本，以期读者能在参照比对
中促进思考，加深对原诗旨趣的
理解。

From fairest creatures we desire increase,

That thereby beauty's rose might never die,

But as the riper should by time decease,

His tender heir might bear his memory:

But thou contracted to thine own bright eyes,

Feed'st thy light's flame with self-substantial fuel,

Making a famine where abundance lies,

Thy self thy foe, to thy sweet self too cruel:

Thou that art now the world's fresh ornament,

And only herald to the gaudy spring,

Within thine own bud buriest thy content,

And, tender churl, mak'st waste in niggarding:

 Pity the world, or else this glutton be,

 To eat the world's due, by the grave and thee.

万物有初。

起点总是令人颤栗，无垠的未知撕开一线，露出昭告已知的线头。

这线头难以捕捉，舞动如蛇。第一个音节尚未被道出，遍布寰宇的寂静尚在沉睡，众弦之中，已有一杆无形的羽笔开始了最初的震荡。矿物墨水赤褐、橄榄绿或金棕，是手抄本时代最后的挽歌之色。宇宙无限深处的笔杆连着一只凡胎肉身的手，一只遒劲而消瘦的手，这似乎并不奇怪，至少不比一组数目近似无穷的十四行诗竟然也起于第一首诗更奇怪。

一切真正的起点内都包含终点。乌洛波洛斯之蛇一旦张口，口中必衔着蛇尾。

整部《莎士比亚十四行诗集》里，海伦·文德勒认为第一首恰恰是 154 首商籁中最后完成的：只有其他 153 首都完成之后，莎氏才能落笔写就一则完美的目录。[1]《莎士比亚十四行诗集》第 1—17 首被英语学界统称为"繁衍诗"（procreation poems），顾名思义，它们显著的共同主题是规劝组诗的致意对象——最经常以第二人称"你"出现的、莎氏笔下的"俊美青年"（Fair Youth）或"俊友"（Fair Friend）——早生贵子。在伊丽莎白时代的基督教英国，这也就意味着早日结婚。或许史上没有比这更不诗意的十四行诗主题了。无论这 17 首诗是否诞生于为了实际利害、强

1 Helen Vendler, *The Art of Shake-speare's Sonnets*, p. 47.

烈希望"你"诞下子嗣的某人对初登文坛的威廉的委托,[1]
诗人无疑将这一世俗的主题上升到了脱俗的高度:"你"太
美,若拒绝把这份美貌繁衍给后世,"你"就在违法犯罪;
生育与否不是"你"一个人的事,而是事关全人类的福祉和
全世界的美的总和。"繁衍"作为本诗"规劝"这一言语行
为(speech act)的核心内容,只是诗集中前 17 首商籁表面
的主题。有鉴于此,我们把第 1—17 首商籁归入一个源自
古罗马诗人贺拉斯的重要古典诗歌传统,也即"惜时诗"
(carpe diem poem)传统。

所谓"惜时",贺拉斯《颂歌》第 11 首中的拉丁文原
文是 carpe diem,carpe 是拉丁文动词 capere(抓住,攫住,
采摘)的命令式,这个短语直译即"抓住日子",英文通常
译为 seize the day,"珍惜时光"。贺拉斯在公元前 1 世纪写
下的原句是"抓住时日吧,尽量少相信明天"(carpe diem,
quam minimum credula postero)。这个已有两千多年历史的
"惜时诗"传统有个伊壁鸠鲁式的基调:劝人及时行乐,
尤其是及时恋爱,不要因为种种顾忌荒废了青春,到白发
苍苍时后悔莫及。比莎士比亚早生一辈的法国诗人龙沙的
《当您老了》《小甜心,让我们去看那玫瑰》,17 世纪英国
玄学派诗人马维尔的《致他羞涩的恋人》,都是惜时诗传统
中出色的例子。[2]

莎士比亚却从古典惜时诗传统中偏离,并独辟蹊径。

---

1 详见本书《导论》第四部分。

2 20 世纪爱尔兰诗人叶芝那首著名
的《当你老了》虽然与龙沙有相似的
标题,处理的却不是"惜时"主题。

前 17 首商籁赞颂青春和美并非为了劝俊美青年及时取乐——这类鼓励对"你"来说是多余的。叙事者通篇的焦虑恰恰来自"你"对"取乐于己"的沉迷，或许"你"也恋爱（本诗中没有提到），却完全没有成家或生育的打算。莎士比亚惜时诗独独聚焦于一个被历代抒情诗传统集体雪藏的、因为太过接近生活的常态而常被看作入不了诗的主题：传递基因，以便"年幼的子嗣能荷载他的记忆"（His tender heir might bear his memory）。

　　莎士比亚对这一主题的教义基础熟稔于心，它主要出自《旧约·创世记》中上帝对亚当夏娃的祝福："神就赐福给他们，又对他们说，要生养众多，遍满地面，治理这地。也要管理海里的鱼，空中的鸟，和地上各样行动的活物。"（《创世记》1：28）[1] "生养众多"（increase and multiply）从人类被造之初起就符合神对基督徒的期待，是神的意愿。本诗第一行起于一个最高级的表述——"我们希求最美丽的生命不断繁殖"（From fairest creatures we desire increase），名动同形的核心宾语 increase 直接脱胎自《创世记》中圣言的教导。在欧洲抒情诗史上，"繁殖"这一事件在主流宗教和世俗伦理上都太过正确，以至于很难成为富有张力的情诗主题——诗人们历来更热衷于书写爱而不得的单相思，或与全世界为敌而最终悲剧收场的无

1 本书圣经引文如无特殊说明，中文均出自和合本（《圣经·简化字现代标点和合本》，南京：中国基督教协会，2004 年），英文均出自新修订标准版（*The New Oxford Annotated Bible: New Revised Standard Version with the Apocrypha*, 4th edition. Oxford: Oxford University Press, 2010）。

果之爱。莎士比亚却选择在最难成诗处入手，然后低开高走：生个孩子吧，不是为了防老，而是因为如此，"美的玫瑰就能够永不枯萎"（thereby beauty's rose might never die）。

第一首商籁是整部连环商籁的提纲挈领之作，它可以说是 154 首诗的总序，是理解其余 153 首十四行诗的钥匙。作为一份"目录"或"节目预告"，本诗中不仅出现了"美""记忆""死亡""时光"等整本诗集从多重角度定义的核心概念，也出现了"玫瑰""花苞""春日""火焰"等后文中不断变奏的关键意象，同时集中呈现了莎士比亚商籁的修辞特点，比如对创造和活用"冤亲词"（oxymoron）或矛盾修饰法的热情。

仅举一例论之：第 12 行"温柔的村夫，想吝啬，却浪用"（And, tender churl, mak'st waste in niggarding），"温柔的村夫"（tender churl）就是典型的矛盾修饰法。churl 原指出身低贱，不通礼仪之人，而 tender 则是源自中世纪骑士罗曼司"典雅爱情"的、在文艺复兴时期的理想化爱情叙事中仍十分重要的品质，文学语境中更常用的是源自古法语 gentil 的外来词 gentle。在莎士比亚使用的早期现代英语中，gentle 或 tender 都兼含"彬彬有礼，慷慨大方，温柔"等多重褒义。诗人说俊美青年是一个温柔的乡巴佬，像一种心疼而娇嗔的责备，带点恨铁不成钢的意思，第 7 行"与自己为敌，对自己未免太狠"（Thy self thy foe, to thy sweet self too cruel）也有呼应。弦外之音是，"你"既有"温柔"之名，为何如"村夫"般不懂礼教，不明事理。在仅用两个单词组成的矛盾修饰法中，繁衍一事被不动声色地纳入了社会常识和宫廷礼仪的范畴。如果我们相信"你"的身份是一位贵族青年，此处关于"合礼"或"失礼"的暗示更多了一层想必令听者不悦的说教意味：去缔结婚姻并合法繁衍吧，别让自己失了身份。"温柔的村夫"后，同一行中又出现了"想吝啬，却浪用"（mak'st waste in niggarding），也是一种矛盾修饰法：诗人责备俊美青年想要"吝啬"（不肯繁衍自己的美貌），反而造成了更大的浪费（使得全人类丧失了这种美）。

这首起点十四行诗围绕"繁殖"（increase）和"死亡"（decrease），"丰沃"（abundance）和"饥荒"（famine），"饕餮"（glutton）和"吝啬"（niggarding）等对立或泛对立化概念展开诗的论证，这类论证还将在整个惜时诗系列中反复变形出现。诗人在第二节四行诗（quatrain）中批评"你"身上那种水仙少年纳西索斯式的自恋，将之暗喻为只肯自燃而不愿照亮他人的蜡烛：

But thou contracted to thine own bright eyes,
Feed'st thy light's flame with self-substantial fuel …

可你却只同你的明眸定下誓约，

用自足的燃料喂养眼中的光焰……

（包慧怡 译）

　　在此，诗人威廉已有意无意地点明了自己即将踏上的反方向的旅程："我"既见识了这番美，就绝不会只让它在"我"一人眼中自生自灭，而要以这份（对"我"而言同样是"自足的"——令"我"满足的）美为燃料，去为"你"的光焰立传，去通过"你"为道成肉身的、尘世间的一切美立传。17首惜时诗的起点已经包含着组诗的终点，包含着"肉身繁衍"主题的终结。未来，当我们走出惜时诗，在商籁第18首（夏日元诗）末尾读到那两行金声玉振的对句，我们会知道，此地在元初之时已被造访。

伊丽莎白时代最著名肖像画家尼古拉斯·希利亚德
（Nicholas Hilliard）所绘"俊美青年"候选人之一、诺森
伯兰伯爵亨利·珀西（Henry Percy）肖像，约作于1590—
1595年，大致与莎士比亚十四行诗系列创作时间相同

四十个冬天将围攻你的额角，
将在你美的田地里挖浅沟深渠，
你青春的锦袍，如今教多少人倾倒，
将变成一堆破烂，值一片空虚。

那时候有人会问："你的美质——
你少壮时代的宝贝，如今在何方？"
回答是：在你那双深陷的眼睛里，
只有贪欲的耻辱，浪费的赞赏。

要是你回答说："我这美丽的小孩
将会完成我，我老了可以交账——"
从而让后代把美继承下来，
那你就活用了美，该大受颂扬！

　　你老了，你的美应当恢复青春，
　　你的血一度冷了，该再度沸腾。

When forty winters shall besiege thy brow,

And dig deep trenches in thy beauty's field,

Thy youth's proud livery so gazed on now,

Will be a totter'd weed of small worth held:

Then being asked, where all thy beauty lies,

Where all the treasure of thy lusty days;

To say, within thine own deep sunken eyes,

Were an all-eating shame, and thriftless praise.

How much more praise deserv'd thy beauty's use,

If thou couldst answer 'This fair child of mine

Shall sum my count, and make my old excuse,'

Proving his beauty by succession thine!

This were to be new made when thou art old,

And see thy blood warm when thou feel'st it cold.

第二首惜时诗起于长冬。

它的核心时间轴在于一种预设性的未来，将来时也是统摄全诗的时态。一切论证都基于第一句中的预言——"当四十个凛冬围攻你的眉头"（When forty winters shall besiege thy brow），也就是说，从现在数起，四十年后。

四十年，四十个春秋。但莎士比亚偏爱清点冬天。当然，用"一冬"来借代"一整年"是源自古英语盎格鲁-撒克逊文学的修辞传统。或许因为冬是四季中最后一个季节，适合用来为一岁画上终点，或许因为英格兰的冬天日短而潮湿，令人倍感漫长难熬，在盎格鲁-撒克逊人于8—11世纪以古英语写下的挽歌和编年史中，用"若干个冬天"来纪年十分常见，这在《盎格鲁-撒克逊编年史》和比德的《英吉利教会史》中都曾反复出现。即使在《冰与火之歌》这类现代人构建的准中世纪式的想象时空中——尤其在北境的临冬城（Winterfell）——"长达三十年的冬日"也预示着灾厄和不祥：黑色渡鸦将成批从高空掉落，极地异鬼们将从墙外肆意南下，带来新鲜的死亡。冬日一天不结束，春天、新年和希望就一天不能降临。这首商籁的致意对象是一位到了适婚年龄的俊美青年，如果我们相信导论中提到的、其时二十岁左右的南安普顿伯爵就是这位青年的观点，那么"四十个冬天"后，"你"将满六十岁，步入花甲之年。

另一种常见的解读是，由于16世纪英国的医疗水平和平均寿命与今日相去甚远，一个四十岁的中年人可能已经满头灰发，可以被同时代人称作老叟。所以，全诗预设的未来也可能发生在"你"正值四十岁时，也就是总共度过了"四十个冬天"那年。

第一节四行诗中，莎士比亚将一批军事意象绘入严冬的图景：表示"围城、攻城"的 siege 一词，还有"挖下深深的战壕"（dig deep trenches）、"在你美貌的战地／前线上"（in thy beauty's field）等。在自然和时光的围攻之下，"你"的美貌注定是一座脆弱的、防不胜防的堡垒，而"你"可能用来克敌的战术和武器是什么？第二节四行诗中，诗人变相提出了这个位于整首诗核心的问题："那时候有人会问：'你的美质——／你少壮时代的宝贝，如今在何方？'"（Then being asked, where all thy beauty lies, ／Where all the treasure of thy lusty days）——"你"要如何作答？

这是一个盛行于古典和中世纪惜时诗传统的"今何在"（*ubi sunt*）式的问题。自第二节四行诗的后半部分起，诗人代替青年提出了两种可能的回答，然后分别展现两种应答指向的截然不同的未来，并用关于未来的对立的假设，规劝现在的"你"作出明智的抉择。第 7—8 行对应着第一种回答，梁宗岱译为："你说，'在我这双深陷的眼眶里'，／是贪婪的羞耻，和无益的颂扬。"（To say, within thine own deep sunken eyes, ／Were an all-eating shame, and thriftless praise.）梁宗岱将这个回答处理成了直接引语，仿佛这是"你"的原话，其实原文中采用的是无引号的间接引语。诗人仿佛不忍心让"你"亲口道出对自己美貌归属的残酷的预言，而如果"你"拒绝繁衍后代，这种对未来的预言就将成为确凿的现实。

与此相反，第10—11行中提出的第二种回答——"我这俊俏的孩子 / 将结清我的账目，宽恕我的年迈"（'This fair child of mine, /Shall sum my count, and make my old excuse'）——原文中就确凿地用直接引语正面呈现。这第二种答案，也恰恰是诗人希望明白无误地听见俊美青年说出的。唯有当"你"如此应答，唯有当"你"如第二种应答中许诺的那样留下子嗣，"我"在第三节四行诗预言的未来才会实现："从而让后代把美继承下来。"

诗人进而在诗末的对句中更为栩栩如生地呈现了对"你"的"理想暮年"的设想："你老了，你的美应当恢复青春，/ 你的血一度冷了，该再度沸腾。"换言之，"当你老了"（when thou art old）是未来必将发生的、不可避免的一般后景，但"你"仍可以通过此刻的选择去决定未来的具体前景。那时，即使年迈的"你"仍会"感受"到血液冰冷，却可以因为留下了自己的美而受到慰藉，将冷冰冰的血液"看作"是温暖的（see thy blood warm when thou feel'st it cold）。

结构上，本诗的前六行可以被概述为一个对将来提出的问句，构成一个关于假设的困境的"六行诗"（sestet）；后八行可以归纳为两种相应的回答，构成一个试图解决问题的"八行诗"（octave）。这种6+8的整体结构，相当于颠倒一首经典意大利体十四行诗的结构——意式十四行诗的主干结构是8+6，一个八行诗加一个六行诗。如一位魔方大师或数独高手，莎士比亚时常将短短14行诗句的逻辑排列组合，翻来覆去，在表面的局限中变幻出无限丰富的纹样。对"诗的逻辑"或曰"诗蕴"（logopoeia）敏感的读者，会在爬梳中发现无穷的乐趣。

伊丽莎白时期最有影响力的宫廷诗人和文论家菲利普·西德尼爵士（Sir Philip Sidney）认为诗歌是摹仿的艺术，并在英国文艺复兴诗论的里程碑《诗之辩》（The Defense of Poesy）中将诗人分作三大类：颂神的宗教诗人，各领域的哲学诗人（包括伦理、自然、天文、历史等学科分支），以及"真正名副其实的诗人"。对于这第三类诗人，西德尼爵士写道："是那些最恰如其分地摹仿而提供教导和愉悦的人，他们在摹仿中并不借鉴那些正是、曾是、将是之物，却是要探入……对'可能是'和'应当是'之物的神圣考量。"[1] 第2首商籁正是通过罔顾作为自然规律的"正是、曾是、将是"，将修辞之锚集中沉入"可能是"和"应当是"的海滩，才稳稳托起了抒情的巨轮，使"奉劝生育"这一世俗主题具有了向不可见的美之国度浮升的潜能。

1 Stephen Greenblatt ed., *The Norton Anthology of English Literature*, 9th edition, Vol. 1, p.1052.

照照镜子去，把脸儿看个清楚，
是时候了，这脸儿该找个替身；
如果你现在不给它修造新居，
你就是欺世，不让人家做母亲。

有那么美的女人么，她那还没人
耕过的处女地会拒绝你来耕耘？
有那么傻的汉子么，他愿意做个坟
来埋葬对自己的爱，不要子孙？

你是你母亲的镜子，她在你身上
唤回了自己可爱的青春四月天：
那么不管皱纹，通过你老年的窗，
你也将看到你现在的黄金流年。

　　要是你活着，不愿意被人记牢，
　　就独个儿死吧，教美影与你同消。

Look in thy glass and tell the face thou viewest

Now is the time that face should form another;

Whose fresh repair if now thou not renewest,

Thou dost beguile the world, unbless some mother.

For where is she so fair whose unear'd womb

Disdains the tillage of thy husbandry?

Or who is he so fond will be the tomb,

Of his self-love to stop posterity?

Thou art thy mother's glass and she in thee

Calls back the lovely April of her prime;

So thou through windows of thine age shalt see,

Despite of wrinkles this thy golden time.

    But if thou live, remember'd not to be,

    Die single and thine image dies with thee.

排练"剧中剧"《捕鼠器》以确定杀父真凶时，哈姆雷特给宫廷优伶们上了一堂戏剧课。对于这位丹麦王子而言，戏剧的目的"就在于向自然举起一面镜子"（to hold, as 'twere, the mirror up to nature）：

… o'erstep not
The modesty of nature: for any thing so overdone is
From the purpose of playing, whose end, both at the
First and now, was and is, to hold, as 'twere, the
Mirror up to nature; to show virtue her own feature,
Scorn her own image, and the very age and body of
The time his form and pressure. (ll.19–25)
你们切不可僭越自然的分寸：因为
任何过火的行为都背离了戏剧的宗旨，
过去如此，今天仍是，演戏的目的
就在于向自然举起一面镜子；给美德
看一看她的神情，给轻慢看看她的面目，
给当今的时代政体看看自己的形态和印记。

（《哈姆雷特》第三幕第二场，包慧怡 译）

这种古典摹仿论对于哈姆雷特完成剧中的实际目的是有用的（引诱继父在"剧中剧"中惊慌失措地看到自己的谋

杀罪行），也使丹麦王子在由来已久的美学上的"镜与灯"之争中，明确地加入了"镜"派的队列。而它在多大程度上能代表莎士比亚的整体诗学，则是另一个问题。莎剧中有许多著名的照镜场景（《哈姆雷特》《亨利四世》《理查三世》等），每一次，镜子的功能都各不相同，在十四行诗集中也不例外。

商籁第 3 首是"惜时诗"系列中比较露骨的一首，不仅充斥着大量性暗示（或明示），就连全诗的核心训诫都非常直白。诗末的对句几乎像一种诅咒，"But if thou live, remember'd not to be, /Die single and thine image dies with thee"（你如果活着又不愿被人惦记，/ 就将独自死去，和你的肖像一起）。此处引出了"肖像"（image）这一贯穿整本诗集的重要意象。就这首诗而言，它是对第 1 行、第 9 行和第 11 行中三次出现的"镜子"的回响，使这首字面意义较为简单的商籁成为一座名副其实的"镜迷宫"。

诗中的第一面镜子出现在第一节四行诗中。诗人敦促现在的"你"顾盼自己镜中的美貌，但不是为了如水仙少年般沉迷自己的倒影，而是要从事一种内嵌的言语行为，即"告诉"镜中自己的肖像（tell the face thou viewest）：现在，是时候了，这张脸该去塑造另一张脸了（Now is the time that face should form another），去造一张和镜中一模一样的，也就是和"你"一模一样的脸蛋。梁宗岱对第一节的翻译略有发挥："照照镜子，告诉你那镜中的脸庞，/说现在这庞儿应该另造一副；/如果你不赶快为它重修殿堂，/就欺骗世界，剥掉母亲的幸福。"梁译第3行中的"殿堂"意象不见于原文（原诗作"Whose fresh repair if now thou not renewest"），梁译把作动词的 renew 和作名词的 repair 合并处理成了一个建筑意象。这个意译虽然稍嫌偏离，却也不失巧妙。它和上一行中的"造"（form），以及下文的"坟墓""窗"一起，构成一套互相呼应的营造词汇，仿佛"你"正当年华的面容是一座美丽但脆弱、亟须修葺的建筑物，一处终将濒危的世界文化遗产。是否要去维护这份遗产，让后人能持续瞻仰它，取决于"你"现在的行动。

第二节四行诗尤为露骨："有那么美的女人么，她那还没人/耕过的处女地会拒绝你来耕耘？/有那么傻的汉子么，他愿意做个坟/来埋葬对自己的爱，不要子孙？"诗人将劝说之绳分作两股，以反问句分别将它们拧紧：从女性角度出发，哪有女人能拒绝"你"的俊美？从"你"自己性别的角度出发，哪有男人会主动断子绝孙？"自爱"（self-love）一词，在莎士比亚时代的英语中比起"自尊自爱"，更常指性的自爱，在当时的宗教语境中，自慰是一种因为不产生后代而潜在招引批判的性行为。《旧约·创世记》第38章记载，少女他玛首先嫁给了犹大的长子珥，珥由于作恶被耶和华杀死，犹大遂要求次子俄南与他玛同房，以便为已故的长子留下后代；但俄南不愿生下不属于自己的后代，采取了中断性交（*coitus interruptus*）的方法避免让他玛怀孕；耶和华憎恶俄南的做法，也让俄南死去。现代英语中仍用词组"俄南之罪"（the sin of Onan）来指代广义上任何故意避免怀孕的性交。献给俊美青年的组诗继承了《旧约》的立场，即一切不以繁衍为目的的性都是可耻的，包括此处提到的 self-love，还有商籁第 129 首中明确描述的男同性恋行为等。在本诗第二节四行诗的末尾，诗人警告俊美青年不要那么"愚蠢"（fond），不要变相地做一个俄南，否则等待他的将是死亡和吞噬一切的坟墓。

第三节四行诗伊始，出现了第二面镜子。诗人在这里说"你是你母亲的镜子"，而非一些评家认为更合理的"父亲的镜子"，有其诗艺上的必然性，是对前文一系列"母亲－新娘"意象的呼应。第 4 行中的"unbless some mother"（剥夺某位母亲的幸福）指某位本来可以成为"你"孩子的母亲的少女；第 5—6 行的"where is she so fair whose unear'd womb/Disdains the tillage of thy husbandry"则暗示"你"可以拥有任何心仪的新娘。这里的 unear'd womb（未经耕作的子宫）、tillage（耕地）和 husbandry（务农）都是农事词汇，而 husbandry 又是 husband（丈夫）的双关，强调少女将通过成为"你"合法的妻子来成为"你"

孩子的母亲。就如第三节中"你"自己的母亲一样，正是通过与"你"的父亲结婚生子，她才获得"你"这面镜子。现在，诗人规劝道，轮到"你"来重复这个过程，获得一面属于"你"的镜子，孩子将成为"你"的镜子，把这传递和复制肖像的过程不断延续下去。

如果"你"愿意娶妻生子，第三节后两行继续论证，"你"还将得到另一面"镜子"，也就是全诗中的第三面镜子。原文用的词是 windows（前两面镜子用的都是 glass 一词），字面是指"窗"，"So thou through windows of thine age shalt see, /Despite of wrinkles this thy golden time"（那么不管皱纹，通过你老年的窗，/你也将看到你现在的黄金流年）。诗人试图论证，有了孩子，在垂垂老去之时，"你"可以透过往昔岁月的窗玻璃，继续眺望自己曾经的芳华。若把此处复数的 windows 解作老年的"你"的双眼，似乎也说得通。与此相反，如果"你"现在不愿娶妻生子，就永远无法获得属于自己的镜子。如诗末对句中所预言的，"你"黄金年代的肖像将随孤零零的"你"一同死去，这传递美貌的接力棒就会丢失，本来由血缘维系、如多米诺骨牌般接连助推下去的镜子的队列就会中断。而"你"透过"暮年的窗"看见的将只有皱纹，还有迫近的死亡。

以一个关于镜子的祈使句开始，这首论证美之将逝和繁衍之必须的惜时诗看似直白，字里行间却藏着一座动态的镜迷宫。莎士比亚许多商籁的编织方式都是用一个核心词（如这里的"母亲"）或者一组近义词（如这里的"镜子"和"窗"）建筑迷宫的中心，需要我们带着一双慢下来的眼睛去发现出口——抑或是入口。

《双火焰间的抹大拉》，拉图尔（Georges de la Tour），
1642—1644 年

不懂节俭的可人呵，你凭什么
在自己身上浪费传家宝——美丽？
造化不送人颜色，却借人颜色，
总是借给慷慨的人们，不吝惜。

美丽的小气鬼，为什么你要这样
糟蹋那托你转交的丰厚馈赠？
无利可图的放债人，为什么你手上
掌握着大量金额，却还是活不成？

你这样一个人跟你自己做买卖，
完全是自己敲诈美好的自己。
造化总要召唤你回去的，到头来，
你怎能留下清账，教世人满意？

美，没有用过的，得陪你进坟墓，
用了的，会活着来执行你的遗嘱。

Unthrifty loveliness, why dost thou spend
Upon thy self thy beauty's legacy?
Nature's bequest gives nothing, but doth lend,
And being frank she lends to those are free:

Then, beauteous niggard, why dost thou abuse
The bounteous largess given thee to give?
Profitless usurer, why dost thou use
So great a sum of sums, yet canst not live?

For having traffic with thy self alone,
Thou of thy self thy sweet self dost deceive:
Then how when nature calls thee to be gone,
What acceptable audit canst thou leave?

  Thy unused beauty must be tombed with thee,
  Which, used, lives th'executor to be.

惜时组诗中的第 4 首有时被戏称为"高利贷商籁",诗中出现了大量借贷、债务、财务会计领域的意象。莎士比亚总是在我们以为进入了熟悉的文学传统时,颠覆我们的预设,更新修辞的疆界,这一切都通过诗人对词语的精妙又别出心裁的使用完成。

这首十四行诗的基本结构是英式商籁中不太常见的"10+4"型。前 10 行叙述一种"习惯的当下",是受一般现在时统御的、对当下持续和反复出现的情形的描写,可以归纳为"你"对自己美貌的挥霍无度。后 4 行叙述一种"假设的将来",用将来时的一组设问(一问一答),引导"你"和读者想象一种不愉快的未来——此刻还是想象中的未来,但若"你"不愿改变前 10 行中描述的习惯性现状,它就会变为必然的现实。

前 10 行"习惯的当下"是围绕三个问句展开的,这三个问句则围绕三个对"你"的称呼展开,这三个称呼词组都是冤亲词或矛盾修饰法。第一个出现在第一节四行诗开端诗人对俊友的称呼中:unthrifty loveliness。"可爱 / 美丽"本是一种应当被珍惜而不该浪用的品质,但可爱的"你"却一再挥霍这份可爱,"将你美貌的遗产浪费在自己身上"(spend/Upon thy self thy beauty's legacy)。梁宗岱把 unthrifty loveliness 处理成"俊俏的浪子",这是值得商榷的,因为"浪子"恰恰不是一个"浪费"自己美貌的人。

正相反，这首惜时诗中的俊美青年是"浪子"形象的反面：不肯寻花问柳，做一个花花公子，倒要孤芳自赏，也就是"将你美貌的遗产浪费在自己身上"。诗人为这里的"浪费"精心挑选了 spend 这个动词，具有显著的性暗示（spend 还有"射精"这个潜在义项），此处延续了前几首商籁中对俊友过度"自爱"的责备。

第一节后半部分点明，大自然不会白白地赠予天赋或美好品质（Nature's bequest gives nothing, but doth lend, / And being frank she lends to those are free）。这份美貌的馈赠只是自然女神暂时出借给你的，她期待你有朝一日以某种方法归还，把美貌传递下去，取之于自然，用之于自然。"自然-造化"（Nature）被拟人化为一位女士"she"，这是一个继承自古典和中世纪文学的惯用法。大写的 Nature 即古罗马诗人笔下的 Natura（自然女神）或 Lady Natura（自然女士）。诗人说，这位女士是个精明的生意人，只借钱给某一类人，也就是第 4 行中的 those（who）are free。此处 free 的首要义项并非"自由"，而是指慷慨大方之人，因其源于中古英语中的 fre 一词。fre 这个频频出现于中世纪骑士罗曼司中的品质形容词，指的是一种理想人格，是宽宏、大度、高尚、慷慨等美德的综合体，和同一行中形容大自然时用的 frank 一词是近义词。莎氏此处的劝导十分巧妙：既然慷慨的自然只出借给同样慷慨之人，而"你"被自然赋予了美貌（这是一个确凿无疑的现实），那么根据三段论的演绎，"你"必然是一个慷慨之人，因为自然不会违背她的原则。诗人暗示俊友，"你"的潜在本质必然是一个慷慨的、有债必还的体面人，假如"你"现在并未表现出这种慷慨，这是理性暂时被遮蔽、走上歧途的结果；"你"有全部理由回归这种本就内在于"你"天性中的慷慨——"造化不送人颜色，却借人颜色，/总是借给慷慨的人们，不吝惜"。

接下来两种对"你"的责备依然乔装成"爱称"，以矛盾修饰法形式一起出现在第二节四行诗中：beauteous niggard（美丽的吝啬鬼）和 profitless usurer（没有利润的高利贷者）。吝啬之人本应面目可憎，"你"这吝啬自己美貌的人却是美人；放高利贷的人本应唯利是图，"你"在自己的美貌这份资本上却甘愿赔本。所以"你"滥用了自然宽宏大量的馈赠（bounteous largess），第 5 行中的 abuse（滥用）与第 7 行的 use（用）押尾韵，构成一种对照式的文字游戏。同样基于 use 一词的文字游戏在末尾的对句中会再次出现，指向两种相反的未来。第二节中还有 given thee to give（交给你好去转交给别人的），以及 a sum of sums（结款的总和）这类基于同一单词的不同语态和词性构成重复修饰法的文字游戏。此节基本继承了第一节的论证，表面上是追问原因：为什么"你"非要这么做？实质上是一种论断:"你"根本不该这么做。

第三节四行诗的前两行(第9—10行)将"你"的行为概述为 having traffic with thy self alone(只和自己做买卖)。高利贷者理应放债给他人以收取高价利息,"你"却只肯和自己进行交易;traffic 在这里不是"交通",而是"贸易"(trade, commerce, business)。"你"既是个只和自己做生意的生意人,也就称不上是真正的商人,而只是第10行中的"自我欺骗者"。如前所述,第三节四行诗的后两行(第11—12行)提出了一个关于未来的假设:"造化总要召唤你回去的,到头来,/ 你怎能留下清账,教世人满意?"(Then how when nature calls thee to be gone, / What acceptable audit canst thou leave?)高利贷(usury)、审计(audit)、利润(profit)、遗产执行人(executor)等金融和财务词汇密集出现在莎氏的抒情诗中,这并不令人惊讶:威廉在斯特拉福镇成长与生活的世界中,账簿、借条、地契和玫瑰、百合、紫罗兰一样常见。

最后的对句中,诗人用 unused 对比 used:美貌若"不去使用",就将随"你"一起进入坟墓;若"使用"(繁衍后代),就能成为"你"身后的遗嘱执行人——在"我"看来,这才是头脑地道的生意人应该做的。这首"高利贷商籁"通篇回响着金币声,似乎诗人正向"你"之外潜在的读者暗示,这是俊美青年唯一能听懂的语言。

一刻刻时辰，先用温柔的工程
造成了凝盼的美目，教众人注目，
过后，会对这同一慧眼施暴政，
使美的不再美，只让它一度杰出；

永不歇脚的时间把夏天带到了
可怕的冬天，就随手把他倾覆；
青枝绿叶在冰霜下萎黄枯槁了，
美披上白雪，到处是一片荒芜：

那么，要是没留下夏天的花精，
那关在玻璃墙中的液体囚人，
美的果实就得连同美一齐扔，
没有美，也不能纪念美的灵魂。

　花儿提出了香精，那就到冬天，
　也不过丢外表；本质可还是新鲜。

Those hours, that with gentle work did frame

The lovely gaze where every eye doth dwell,

Will play the tyrants to the very same

And that unfair which fairly doth excel;

For never-resting time leads summer on

To hideous winter, and confounds him there;

Sap checked with frost, and lusty leaves quite gone,

Beauty o'er-snowed and bareness every where:

Then were not summer's distillation left,

A liquid prisoner pent in walls of glass,

Beauty's effect with beauty were bereft,

Nor it, nor no remembrance what it was:

　　But flowers distill'd, though they with winter meet,

　　Leese but their show; their substance still lives sweet.

"她坐的那艘画舫就像一尊在水上燃烧的发光的宝座；舵楼是用黄金打成的；帆是紫色的，熏染着异香，逗引得风儿也为它们害起相思来了……从这画舫之上散出一股奇妙扑鼻的芳香，弥漫在附近的两岸。倾城的仕女都出来瞻望她，只剩安东尼一个人高坐在市场上，向着空气吹啸。"

以上是《安东尼与克莉奥佩特拉》第二幕第二场中爱诺巴勃斯回忆初见艳后的场景，一场彰显莎氏白描技法的感官盛宴。不过，在艳后未现身之处向全城宣告她的在场的，是克莉奥佩特拉身上的香气。有学者对艳后手部和足部使用的香料的配方作过详细研究，指出用来熏染她足部的调配香恰恰名为"埃及"（aegyptium）。[1]

商籁第5首同样被香气和嗅觉统御，它将通过一个残忍的核心动词"蒸馏"，向读者展示生与死、早夭与长存之间看似悖论的关系。

本诗是整本诗集中第一首"无人称商籁"（impersonal sonnet），也是"惜时诗"组中唯一一首无人称商籁，整个诗系列中还有商籁第129首可被归入无人称商籁。这种完全没有人称代词（除了在拟人用法中）的诗作在莎士比亚的十四行诗系列中非常罕见，因为撑起整个系列的戏剧与情感张力的，正是第一人称的"诗人－致意者"（poet-ad-dresser）与第二人称的"被致意者"（addressee）之间的关

1 Diane Ackerman, *A Natural History of the Senses*, p. 59.

系，无论后者是俊美青年、黑夫人还是其他人物。在少量的无人称商籁中，诗人则与其诗歌的"剧中人"拉开了距离，以全知视角探讨世间的普遍真理。

这首诗的第一节四行诗描述了"时辰"（hours）的内在矛盾属性：一方面，它们可以温柔地镶嵌，造就一种可以吸引一切目光来驻足的眼神（with gentle work did frame/ The lovely gaze where every eye doth dwell）——即耐心塑造一对绝世美目，此处用"可爱的凝视"来借代一位无一处不可爱的美人。另一方面，时辰又注定会反目成为暴君，向它们自己造就的美丽的眼神和眼神的主人施虐（will play the tyrants to the very same, /And that unfair which fairly doth excel）。第 4 行中的 unfair 作动词用，表示使某样事物变得丑陋，也就是诗中的"把绝代佳丽剁成龙钟的老丑"，直译为"让在美貌方面出类拔萃的人失去他的美"。

时辰为何要如此毁去自己苦心镶嵌的作品？第二节四行诗用一个 for 引出了原因：因为时光不会驻足，必定要引领夏日走向严冬，并在严冬那里杀死盛夏（For never-resting time leads summer on /To hideous winter, and confounds him there），"永不歇脚的时间把夏天带到了 / 可怕的冬天，就随手把他倾覆"。这里使用 leads summer on 这个词组，暗中指责时光是个骗子或诱拐犯——类似的表

述有 "lead sb. on" "lead sb. up the garden path" 等，都有蓄意欺哄之义。时间（time）由一个个时辰（hours）组成，而时间似乎有意要将天真的夏日诱杀，让盛夏的树汁被严霜冻住，让夏日生机盎然的绿叶全部凋零，让夏日所象征的美被皑皑白雪覆盖。

全诗的转折点（volta）出现在第三节四行诗中。有没有办法救救夏天，让他不要遭到时间残忍的谋杀？有。诗人在第 9—12 行中从反面提出了一种拯救夏日的建议：假如不这么做，夏日和夏日所象征的美就会彻底丧失。怎么做？通过蒸馏提纯法："那么，要是没留下夏天的花精，/那关在玻璃墙中的液体囚人，/美的果实就得连同美一齐扔，/没有美，也不能纪念美的灵魂。"这里整节用了虚拟式（Then were not summer's distillation left, /A liquid prisoner pent in walls of glass），仿佛诗人希望这种 "不这么做" 的假设永远不要成真，也就是说，要去做，要去提纯夏日，让所得的液体成为 "玻璃墙内的囚徒"。此处 distillation 的动词形式 distill 是这首诗的核心动词，其拉丁文词源 *distillare* 的原意是以小水珠（stillare）的形式将某物的一部分分离（de）出来，通常是将物质中更易挥发的部分从更稳定的部分中分离出来。伊丽莎白时代的英国对用高温和冷凝法从花瓣中提炼香精的技艺并不陌生，诗人所谓 summer's distillation 也正是夏日中成分更稳固的那一部分，夏日经过蒸馏后，被提炼的是美的精髓。

到了对句中，蒸馏提纯的对象成了复数的"花"（flowers）："花儿提出了香精，那就到冬天，/ 也不过丢外表；本质可还是新鲜。"（But flowers distill'd, though they with winter meet, /Leese but their show; their substance still lives sweet.）和上文中的"夏天"一样，花朵也是抽象美的具体象征。花被蒸馏后，即使（如夏日一般）遇见严冬，也只会失去它们美的表象（show），不会失去其实质（substance），鲜花的颜色和形态不复存在，但它的芬芳能够长久持存。诗人在这里不动声色地完成了概念的替换，在"花香"和"花的实质"之间画了等号：一朵花之所以是花，色泽和姿态都是次要的，花之为花在于其芬芳。夏日之花所代表的美亦可以这样保留下来，像对句中再次通过构词游戏暗示的：通过 distill（蒸馏，提纯），来达到 still（静止不变，长久，永恒）。使夏日驻留的努力终于这令人不安的悖论：为了让花朵长存，先要压榨、蒸馏、萃取，结束它这一世的生命；为了让美永生，有时必须杀戮；所有以"永生"为名的、对时间的克服中，或许多少都含有死亡的成分。

商籁第 5 首中没有写明的规劝是，同理，"你"也必须经过提炼，才能抵御冬日，获得永生。是通过自然的提炼（繁衍子嗣）还是通过艺术的提炼（被写入诗歌）？对这一问题的回答将决定我们把此诗归入惜时诗还是元诗。将它置于系列诗的语境中（以下商籁第 6 首是本诗的"续作"），我们自然会得出前者的答案。但这并不妨碍我们同时将这首"蒸馏术商籁"看作一种谈论诗艺的潜在"元诗"。如此，一首十四行诗本身就成了一只贮存香露的玻璃瓶，其几乎完美的韵脚、双关和意象一起构成了锁住美之精华的玻璃墙壁（walls of glass）。

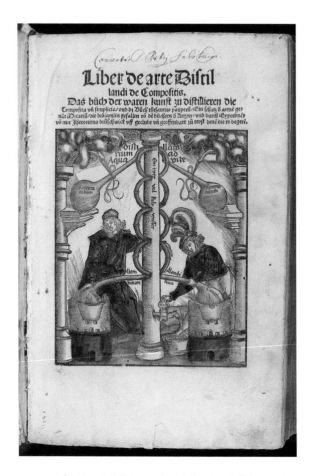

莎士比亚的同时代人，德国外科医生、炼金术师、植物学家希罗尼穆斯·布隆希维格（Hieronymus Brunschwig）于 1500 年出版的《蒸馏的艺术之书》（*Liber de arte Distillandi de Compositis*）之 1512 年详尽版手稿

你还没提炼出香精，那你就别让
严冬的粗手来抹掉你脸上的盛夏：
你教玉瓶生香吧；用美的宝藏
使福地生香吧，趁它还没有自杀。

取这种重利并不是犯禁放高利贷，
它能够教愿意还债的人们高兴；
这正是要你生出另一个你来，
或高兴十倍，要是你一人生十人；

你十个儿女描画你十幅肖像，
你就要比你独个儿添十倍欢乐：
你将来去世时，死神能把你怎样，
既然在后代身上你永远存活？

别刚愎自用，你太美丽了，不应该
让死神掳去、教蛆虫做你的后代。

Then let not winter's ragged hand deface,

In thee thy summer, ere thou be distill'd:

Make sweet some vial; treasure thou some place

With beauty's treasure ere it be self-kill'd.

That use is not forbidden usury,

Which happies those that pay the willing loan;

That's for thy self to breed another thee,

Or ten times happier, be it ten for one;

Ten times thy self were happier than thou art,

If ten of thine ten times refigur'd thee:

Then what could death do if thou shouldst depart,

Leaving thee living in posterity?

    Be not self-will'd, for thou art much too fair

    To be death's conquest and make worms thine heir.

商籁第 6 首与之前的第 5 首共同构成了一种诗歌形式的双联画（diptych）。对于一些比较复杂的诗歌主题，14 行里难以尽述的，莎士比亚常常会采取这种双联诗的形式，两首诗互为虎符，合起来看才能窥见完璧。双联诗之间有时是递进或并列关系，彼此的逻辑联系比较松散，独立拆开看问题也不大；有时则是转折或因果关系，不把两首都看全，就无法彻底领会其中任何一首的旨趣。

第一节四行诗延续了商籁第 5 首中冬日与夏日的对立。第 5 首说，不要把夏日领去冬天那里任它屠杀，第 6 首第一句同样用了祈使句："那么，不要让冬日嶙峋的手，从你身上抹去你的夏日。"（Then let not winter's ragged hand deface, /In thee thy summer）此处的冬日俨然是岁月的象征，甚至是时间的化身，就如在"惜时诗"传统之父贺拉斯那首著名的颂歌中一样。实际上，古罗马诗人贺拉斯在公元前 23 年左右写下的《颂歌集》（*Carmina*）中，第一卷第 11 首《颂歌》正是"惜时"（*carpe diem*）这个词组的出处。不妨来看看其拉丁文原诗：

Liber I Carmen XI

Odes 1.11

Tu ne quaesieris, scire nefas, quem mihi, quem tibi

finem di dederint, Leuconoe, nec Babylonios

temptaris numeros. ut melius, quidquid erit, pati.

seu pluris hiemes seu tribuit Iuppiter ultimam,

quae nunc oppositis debilitat pumicibus mare

Tyrrhenum. Sapias, vina liques et spatio brevi

spem longam reseces. dum loquimur, fugerit invida

aetas: *carpe diem*, quam minimum credula postero.

颂歌

贺拉斯

你不要去问，这知识是禁止，对于我，对于你
诸神给了何种终点，雷欧科诺啊，也别细查
巴比伦术士的星历。无论将来如何，一如既往承受它吧
无论朱庇特还将分配诸多冬日，抑或这已是最后——
眼下正用礁岩削磨第勒尼海的这个冬天！
明智些，滤滤葡萄酒吧，生命何其倏忽
缩短漫长的希冀吧，当我们说着话，嫉妒的时间
已飞逝而过：抓住时日吧，尽量别相信明天。

（包慧怡 译）

在贺拉斯这首"惜时诗"的开山之作中，冬日同样是

无情年岁的象征，所谓"无论朱庇特还将分配诸多冬日，抑或这已是最后（一个冬天）"，即无论神还允许我们多少年的生命。在这首八行颂诗最著名的最后一句中，贺拉斯的结论是，切莫相信明天，当下就要"抓住时日"（*carpe diem*）。此处的第二人称命令式"抓住"的拉丁文动词原形 *carpere*，本身还有"采摘，采撷"（花朵）的意思，时日仿佛等待采摘的玫瑰，有花堪折直须折，本身也是 *carpe diem* 在汉语中最现成而生动的表述。

无独有偶，莎士比亚这首惜时诗中，与冬日相伴的亦是花朵的意象，只不过是以经过提炼的形式，也即商籁第 5 首中已然出现的"花露、香水"：ere thou be distill'd: Make sweet some vial——别让冬日夺走"你"的夏天，在"你"被提炼和蒸馏之前，在"你"熏香某个玻璃容器之前。在无人称的商籁第 5 首中，被提炼的是"夏天"（summer's distillation），而此处被蒸馏提炼的对象却变成了"你"（thou），即俊美青年，诗人的致意对象。于是我们又回到了起初几首更直白的惜时诗的措辞：规劝俊友及时繁育后代。在本诗第二和第三节四行诗中，这一规劝被更加确凿地用算术和数理演绎了出来，仅第 8—10 行这短短三句中就出现了五个"十"：

Or ten times happier, be it ten for one;

或高兴十倍，要是你一人生十人；

Ten times thy self were happier than thou art,
If ten of thine ten times refigur'd thee …
你十个儿女描画你十幅肖像，
你就要比你独个儿添十倍欢乐

第 9 行中的 ten times thy self 既可以理解为"十倍的你"，也可以理解为"十乘以你"，两种情况的结果都是，十倍的"你"要比现在（孤身一个）的"你"更幸福，"幸福"成了糖果一般可以称重计件的物品。第 10 行亦有两种可能的解读。根据第一种断句法，"If ten of thine, ten times refigur'd thee"，如果有十个"你"，就能造出十个"你"的翻版或画像（藏于动词 refigure 中的名词 figure 可以是人的"外形"也可以是"肖像"）。根据第二种断句法，"If ten of thine ten times, refigur'd thee"，如果（第 9 行中提到的）"你"的十倍，即"你"的十个孩子，可以分别再生十个孩子，让"你"成为一百个和"你"一样美丽的孩子的祖父。无论 16 世纪末的优生学是否为这样"一生百"的大家庭留出了现实可能，我们至少可以在诗人这种以子嗣的数量来量化幸福的措辞中，找到一种几近幽默的对"多多益善"的痴迷。

莎士比亚对"十"这个数字的迷恋并非空穴来风。伊丽莎白一世在位时通过的《1571年反高利贷法令》规定，凡是借贷方将利息提至百分之十以上的，就构成放高利贷的行为。这条法令的一个侧面效应是，无意中默许了百分之十作为一个利益最大化的标准利率。莎士比亚自己的亲生父亲约翰·莎士比亚就曾因放高利贷而被处以高额罚款——这位老爹当时给出的利率是百分之二十到二十五。所以莎氏在这里拿"十"这个数字大玩了一把乘法游戏，暗示他劝说俊友生十个孩子不算放高利贷，不算利欲熏心，也呼应上文第5—6行中所说的：这样的使用或借贷不算是被禁止的高利贷，因为它让那自觉自愿交纳利息的人高兴（That use is not forbidden usury, Which happies those that pay the willing loan）。这里的第三人称单数动词happies即makes happy，使某人高兴。当然，"十"这个数字在东西方数理文化中都有"十全十美"之意，也是扑克牌的前身塔罗牌（文艺复兴时最受欢迎的桌游之一）小阿卡纳牌下每一套花色中的最大数值，其最表面的牌面意思也是（某种状态的）"饱和，满盈，完美，好到不能再好"。诗人在此告诉俊美青年，"你"的美只要有人乐意接纳，就当个快乐的放贷者吧，这不触犯什么清规戒律——反正"我"只劝"你"生十个。"十"是高利贷中的擦边球数字，在十个的范围以内，"你"大可尽情繁衍，好让自己"活在自己的后裔里"（第12行），如此，死亡也将在"你"面前败下阵来（第11行）。最后的对句则没有什么重大的进展，只是再次呼应"后裔"："你"太过美丽，不该作死亡的战利品，更不该让蛆虫作"你"的后裔（thou art much too fair /To be death's conquest and make worms thine heir）。

把第5首和第6首这对双联诗合起来看，它们共同以蒸馏／提炼（distillation）这个核心动词为题眼，但第5首中潜在包含多种可能的提炼，终究在第6首中归于"自然的提炼"（繁衍后代）。不过，在惜时诗组诗之外，我们会看到其他形式的提纯。尽可能开发同一个动词所有的语义潜能，是莎士比亚诗歌才能最直接的体现之一。

《采撷玫瑰吧，趁你还能》，约翰·威廉·沃特豪斯
（John William Waterhouse）

看哪，普照万物的太阳在东方
抬起了火红的头颅，人间的眼睛
就都来膜拜他这初生的景象，
注视着他，向他的圣驾致敬；

正像强壮的小伙子，青春年少，
他又爬上了峻峭的天体的高峰，
世人的目光依然爱慕他美貌，
侍奉着他在他那金色的旅途中；

但是不久他乘着疲倦的车子
从白天的峰顶跌下，像已经衰老，
原先忠诚的人眼就不再去注视
他怎样衰亡而改换了观看的目标：

　　你如今好比是丽日当空放光彩，
　　将来要跟他一样——除非有后代。

Lo! in the orient when the gracious light
Lifts up his burning head, each under eye
Doth homage to his new-appearing sight,
Serving with looks his sacred majesty;

And having climb'd the steep-up heavenly hill,
Resembling strong youth in his middle age,
Yet mortal looks adore his beauty still,
Attending on his golden pilgrimage:

But when from highmost pitch, with weary car,
Like feeble age, he reeleth from the day,
The eyes, 'fore duteous, now converted are
From his low tract, and look another way:

So thou, thyself outgoing in thy noon:
Unlook'd, on diest unless thou get a son.

商籁第 7 首把人的生命进程比作太阳的天空之旅，却通篇没有出现"太阳"这个单词，而是用一个与之密切相关的动词及其变形串起整首诗。

本诗的结构十分工整。前 12 句是一个漫长的比喻：人一生的旅程被比作太阳在黎明、正午和黄昏时分经过的三段式旅程，每一节四行诗的前半部分描述其中的一段旅程；与之对应的是地面上人们望日的目光，这目光随太阳的位置而变化，在每一节四行诗的后半部分，以核心动词 look（看）的某种形式表现出来。整首诗的第一个单词 Lo 是一个带有宗教回响的感叹词，来源于古英语插入语 lá，常用于句首，以吸引人们对某种（通常涉及神之出场的）奇迹加以注目，类似的古英语表达有史诗《贝奥武甫》（Beowulf）的开篇第一个单词 hwæt 等。全诗起于一个命令式的"看哪"，终于一个条件式的"如果不被看"（第 14 行中的 un-look'd），中间部分刻画了凡人的眼睛如何去看一位神在一天中的旅程——这位神是一位异教神祇，古希腊神话中驾驶太阳车行过苍穹的日神赫利俄斯（Helios）。

据赫西俄德《神谱》以及《献给赫利俄斯的荷马颂诗》，赫利俄斯是提坦神许佩里翁和忒亚之子，月神塞勒涅（Selene）和曙光女神厄俄斯（Eos）的兄弟，其名字直接源自古希腊语 Ηλιος（太阳）一词，其所对应的罗马神名是索尔（Sol）。自公元前 5 世纪起（最早是在欧里庇得斯的戏剧

《法厄同》中），作家们时常将赫利俄斯与阿波罗混淆起来，共用太阳神或"福波斯"（Phoebus）之名。其实这两位神在荷马时代是截然不同的神：阿波罗是提坦神族的长期对手奥林匹斯神族，父母分别是宙斯和勒忒，其古希腊文名字源于动词"毁灭"。在两部《荷马史诗》和归入荷马名下的那些颂诗（Homeric hymns）中，阿波罗主要是作为医药和音乐之神出现的。

两者的艺术形象也截然不同，赫利俄斯常被表现为脑后有日轮和象征日光束的辐射形状——也就是本诗第2行中描写的"燃烧的头颅"（burning head，屠译"火红的头颅"）——并且每日驾驶黄金马车自东向西经过天空。阿波罗的主要图像学象征则是月桂花冠和里拉琴。虽然后期作家作了种种融合，但在古希腊诗人笔下，驾驶太阳车始终是赫利俄斯的专利，与阿波罗无关。根据本诗第9行"疲惫的马车"（weary car）等多处关于驾车的描述，我们也可以断定商籁第7首中的人格化的太阳是赫利俄斯。

当初升的太阳刚出现在东方（in the orient when the gracious light /Lifts up his burning head），下界的人们都争着"用目光"向他朝圣（Doth homage to his new-appearing sight, /Serving with looks his sacred majesty）。第2行中的 each under eye 直译是"下界的每一只眼睛"，但考虑到莎士比亚经常用"苍穹之眼"（eye of heaven）、"天空之眼"等

词组来指代太阳（参见商籁第18首等），这个短语也可以解作"所有太阳（这只眼睛）普照之下的人们"。东升的旭日通常总是最受崇拜，这是本诗描绘的三段式旅程的第一段。

到了第二节四行诗描述的第二段旅程中，日神已驾车爬上了陡峭的山巅，如同正当盛年的青春（having climb'd the steep-up heavenly hill, /Resembling strong youth in his middle age）。这里的 middle age 相当于 prime age（盛年，最好的年华），诗人以人类生命的"正当年"去对应太阳旅程的中点（middle point），同时 youth 也可以暗指（本诗中至此仍未直接出现的）诗人的致意对象"俊美青年"（Fair Youth）。对于正午的太阳，"世人的目光依然爱慕他美貌"（Yet mortal looks adore his beauty still），一个不动声色的"依然"（still），已暗示"凡间的目光"对正午太阳的崇拜或许不如朝阳。

同样是这些目光，到了日落时分，当正午的烈日成为黄昏的夕阳，则纷纷离弃了先前的崇拜对象，不再凝视他日薄西山的轨道，转而"看向别的方向"（The eyes, 'fore duteous, now converted are/From his low tract, and look another way）。这就是第三节四行诗中描述的第三段，也是最后一段旅程，此时日神已驶过了天空的至高点，拉着太阳车的骏马也已疲惫不堪，夕阳即将在西天沉落（But when from highmost pitch, with weary car, /Like feeble age, he reeleth from the day）。这里的 feeble age 既是太阳的"衰弱之年"也是人类的垂暮之年，诗人对俊美青年的预警变得再清楚不过："你"不可能永远年轻，想想"你"必将到来的耄耋之年。

这首商籁用三个诗节来摹仿的太阳的三段式旅程，在莎士比亚熟读并热爱的古罗马作家奥维德的《变形记》中亦有生动的记载，这次是借日神赫利俄斯本人之口。《变形记》卷二第1—328行讲述了日神之子法厄同的悲剧。法厄同为了证明自己是日神之子而要求驾驶太阳车，已经许诺答应儿子一切请求的日神闻之十分愁苦，试图说服儿子不要冒险："第一段路程非常之陡，我的骏马虽然说清晨的时候精神抖擞，也还爬着吃力。到了中天，其高无比，俯视海洋陆地，连我都时常战栗，心里怕得直跳。最后一段途程是直冲而下，需要把得牢靠。就连在地上的海波中接纳我的忒堤斯也唯恐我会头朝下跌落下来。"[1] 赫利俄斯（奥维德称之为福波斯）强调，除了他本人，无人能驾驭这艰巨的任务，连朱庇特（宙斯）也不例外。法厄同果然因无法控制太阳车而致使天地间燃起熊熊烈火，最后被朱庇特从天空用雷电击落而死。

关于太阳神的三段式旅程的叙事并不是古希腊罗马人的专利，在更早的古埃及神话中，太阳神拉（Ra）就被

---

1 如无特殊说明，本书中奥维德《变形记》中译均出自杨周翰译本（奥维德、贺拉斯，《变形记·诗艺》，杨周翰译，上海：上海人民出版社，2016年）。

描述为驾驶一艘太阳船（mandjet），以三种身份从东方地平线旅行至西方地平线。早上，他是圣蜣螂凯普利（Khepri），像这种神圣甲虫推着粪球一样，把硕大的太阳之巨球推出地平线；正午他是自己最强大的本体拉神；黄昏时分则变成公羊头的阿吞（Atum），此刻年事已高的太阳神最为虚弱和疲惫，要靠护卫神们拖着他的太阳船进入日落之地。

即使莎士比亚完全不从文学中寻找灵感（就《变形记》而言这一点不太可能），仅靠观察自然界中太阳的东升西落，他也在商籁第 7 首中出色地完成了一项修辞任务：通篇用太阳作比，却始终一次都没有使用 sun 这个单词。这枚缺席的"太阳"直到对句中，才以谐音的方式石破天惊地登场：去生一个"儿子"（son）吧，青春的正午正在消逝，别让自己离世时如夕阳一般无人瞩目。

So thou, thyself outgoing in thy noon:

Unlook'd, on diest unless thou get a son.

你如今好比是丽日当空放光彩，

将来要跟他一样——除非有后代。

最后值得一提的是，商籁第 7 首是一首视觉中心主义的十四行诗，一首观看之诗。不仅三个四行诗和对句的后半部分均由动词 look 或其名词形式串起，全诗还贯穿着 lo、sight、eye(s) 这样与视觉相关的词汇。莎士比亚诗中的视觉中心主义及其反面（视觉怀疑主义），我们还会在此后的十四行诗中不断遇到。

驾驶太阳车的赫利俄斯，公元前4世纪，
特洛伊雅典娜神庙大理石楣饰

你是音乐，为什么悲哀地听音乐？
甜蜜不忌甜蜜，欢笑爱欢笑。
你不愉快地接受，又何以爱悦？
或者，你就高兴地接受苦恼？

假如几种入调的声音合起来
成了真和谐，教你听了不乐，
那它只是美妙地责备你不该
守独身而把你应守的本分推脱。

听一根弦儿，另一根的好丈夫，听，
一根拨响了一根应，琴音谐和；
正如父亲、儿子和快乐的母亲，
合成一体，唱一支动听的歌：

　　他们那没词儿的歌，都异口同声，
　　对你唱："你独身，将要一无所成。"

Music to hear, why hear'st thou music sadly?
Sweets with sweets war not, joy delights in joy:
Why lov'st thou that which thou receiv'st not gladly,
Or else receiv'st with pleasure thine annoy?

If the true concord of well-tuned sounds,
By unions married, do offend thine ear,
They do but sweetly chide thee, who confounds
In singleness the parts that thou shouldst bear.

Mark how one string, sweet husband to another,
Strikes each in each by mutual ordering;
Resembling sire and child and happy mother,
Who, all in one, one pleasing note do sing.

    Whose speechless song being many, seeming one,
    Sings this to thee: 'Thou single wilt prove none.'

商籁第 8 首一开篇就抓住了我们的耳朵，重复、变奏，像一节多声部复调歌。"音乐"既是这首诗的核心隐喻，又是它的形式本身，同时还是它的致意人的昵称，即"我"所仰慕的那位在第一句中被比作了"悦耳之音"（music to hear）的俊美青年。有趣的是，整个十四行诗系列中再一次出现将人比作音乐的情况，要到"黑夫人"组诗中："多少次，我的音乐，当你在弹奏音乐……"（How oft when thou, my music, music play'st, l.1, Sonnet 128）

第一节四行诗中，无论是不规律出现的行间停顿（caesura），还是统御前两行的扬抑格（trochee）——绝大多数莎士比亚十四行诗都是用五步抑扬格（iambic pentameter）写就的——都仿佛要蓄意造成一种听觉上的不平衡和不自然，就像俊美青年的不合常理的爱憎一样不自然，就像他保持单身的做法一样不自然：

Music to hear, why hear'st thou music sadly?

Sweets with sweets war not, joy delights in joy:

Why lov'st thou that which thou receiv'st not gladly,

Or else receiv'st with pleasure thine annoy?

悦耳之音，你为何悲伤地聆听着音乐？

甜蜜不应与甜蜜作战，欢喜彼此喜欢：

那领受起来不称心之物，你为何把它爱？

又是为什么，你要把困扰欣然拥揽？

（包慧怡 译）

下一节四行诗中，诗人进一步描述这种"不自然"，并为"你"身上的这份不自然寻找原因。此节中直白地出现了"婚姻"一词（married），其近义词 union（联合，联姻）同时又与其形近词兼音近词 unison（齐唱，合奏）构成双关。诗人暗示，假设"你"会被"精心调弦"的"真正的和谐之音"所冒犯，被它们的"联姻"所冒犯，或许这是因为你（错误而固执地）选择了独身（singleness）。并且，仿佛要为那些"已婚"（married）的音节开脱，诗人说这些音节不过是"温柔地责备你"，因为"你"在独身中破坏了"你应该扮演的角色"（the parts that thou shouldst bear）：

If the true concord of well-tuned sounds,

By unions married, do offend thine ear,

They do but sweetly chide thee, who confounds

In singleness the parts that thou shouldst bear.

假如几种入调的声音合起来

成了真和谐，教你听了不乐，

那它只是美妙地责备你不该

守独身而把你应守的本分推脱。

以上第7—8行的用词十分考究，包含着十分丰富的语义可能性。首先，confound（毁灭，破坏）一词来自中古英语动词 confounden，源于拉丁文动词原形 *confundere*，由 *con-*（一起）加上 *fundere*（浇灌，倾倒）构成，字面上的词源意即"倒在一起，混合"。但到了中古英语中，它最常用的义项是"破坏"（destroy），以及"（因为将不同的事物混在一起而造成的）混淆，困惑"（confuse）——或许混合相异的事物本身就是一种对秩序的破坏。在本节中，诗人延续了音乐的比喻，说"你"若坚持要独身，这就像用"独奏"破坏了本应弹出的"合奏"（parts），同时也是"弄混"了本应承担的责任或扮演的"角色"（parts）。我们在今天依然常用的短语 play the part of 中仍可以看到这种同时涉及音乐和戏剧的双关。同时，如果 bear 这个动词我们取表示"生育，繁殖"之义（就如在 bear children、bear fruits 中），那么"你"也"在独身中"（in singleness）扼杀了潜在的后代，毁掉了"你"本应生下的孩子（parts that thou shouldst bear）。我们在之前的惜时诗中已经看见，莎士比亚将孩子看作"父亲"的一部分（part），分享（partake）父亲的美。在第三节四行诗中，"父亲"的角色终于正面登场：

Mark how one string, sweet husband to another,

Strikes each in each by mutual ordering;

Resembling sire and child and happy mother,

Who, all in one, one pleasing note do sing.

听一根弦儿，另一根的好丈夫，听，

一根拨响了一根应，琴音谐和；

正如父亲、儿子和快乐的母亲，

合成一体，唱一支动听的歌

许多注家认为这里提到的弹拨乐器是鲁特琴（lute），这种曲颈拨弦乐器源自古波斯和阿拉伯世界的乌德琴（oud，阿拉伯语"木头"），最晚于 13 世纪传入欧洲，经历一系列改造后，因为携带方便、音色婉转而成为中世纪宫廷或吟游诗人最青睐的伴奏乐器，可谓名副其实的"诗琴"。此外，在波提切利等中世纪和文艺复兴画家笔下，鲁特琴一直是天使唱诵赞美诗时的标准伴奏乐器，象征天国的和谐以及神恩的甜蜜。由于欧式鲁特琴由 6 至 10 组复弦构成（每组两根弦），当莎士比亚写"一根弦是另一根的温柔的丈夫"（one string, sweet husband to another），说它们"彼此激荡"（strikes each in each），他很可能想着某场自己近距离观察过的剧院或宫廷中的鲁特琴演奏，甚至可能想到伊丽莎白时期最显赫的鲁特琴演奏家、作曲家、与自己同一年出生的约翰·道兰（John Dowland）——其作品在当代仍是诸多鲁特琴和古典吉他音乐家的灵感源泉。

接着，诗人又将琴上拨出的悦耳和弦比作一个由"父亲、孩子和快乐的母亲"组成的三口之家（sire and child and happy mother），同时影射由约瑟、小耶稣和圣母组成的圣家族，甚至是圣父、圣子、圣灵组成的圣三一（Holy Trinity）。音乐、婚姻和宗教的隐喻合为一体，全部指向一种"齐声合唱"：

Whose speechless song being many, seeming one,

Sings this to thee: 'Thou single wilt prove none.'

他们那没词儿的歌，都异口同声，

对你唱："你独身，将要一无所成。"

纵使声部众多（being many），声音却听起来和谐一致（one），这样的一首歌虽是"无言的"（speechless，鲁特琴独奏时未必需要唱出歌词），却可以向"你"传递这迄今不变的信息："你"若独身，最后就会"什么都不是"（prove none），none 还有"零"（nought, zero, nothing）的意思。这首"音乐惜时诗"将 sing、single、singleness、song 等同源词和音近词如珍珠般串起，以诗歌的动人音乐，规劝"你"（"悦耳之音"）趁早加入合奏，弹出和弦，切莫形单影只。

与莎士比亚差不多同一时期活跃于诗界的英国诗人理查德·巴恩菲尔德（Richard Barnfield）也写过一首商籁，被收入诗集《激情的朝圣者》（第8首）。其中提到了上述约翰·道兰精湛的鲁特琴琴艺，开篇与莎氏的商籁第8首有异曲同工之妙："倘若音乐和甜美的诗歌相契，／它们必然如此，仿佛一对兄妹……"

【附】

If Music and Sweet Poetry Agree
Richard Barnfield

If music and sweet poetry agree,
As they must needs, the sister and the brother,
Then must the love be great 'twixt thee and me,
Because thou lovest the one, and I the other.

Dowland to thee is dear, whose heavenly touch
Upon the lute doth ravish human sense;
Spenser to me, whose deep conceit is such
As, passing all conceit, needs no defence.

Thou lovest to hear the sweet melodious sound
That Phoebus'lute, the queen of music, makes;
And I in deep delight am chiefly drown'd
When as himself to singing he betakes.

One god is god of both, as poets feign;
One knight loves both, and both in thee remain.

倘若音乐和甜美的诗歌相契

理查德·巴恩菲尔德

倘若音乐和甜美的诗歌相契,
它们必然如此,仿佛一对兄妹,
你我之间的爱也就一定繁盛,
因为你爱一方,另一方为我所爱。

道兰于你珍贵,在他至妙的触碰下
鲁特琴弦让人类的感官欣喜若狂;
斯宾塞于我亲爱,他至深的奇喻
超越一切奇喻,无需任何辩护。

你爱听那甜美曼妙的旋律

出自福波斯[1]的鲁特琴，音乐的王后；

我尤其沉醉于深沉的喜悦

当他本人亲自婉转歌唱。

　　诗人们佯装，一位神祇是二者的神明；

　　二者为同一骑士所爱，同时在你体内。

（包慧怡 译）

1 福波斯即阿波罗，同时司掌音乐
与诗歌。

《鲁特琴师》，卡拉瓦乔，1596 年

是为了怕教寡妇的眼睛哭湿，
你才在独身生活中消耗你自己？
啊！假如你不留下子孙就去世，
世界将为你哭泣，像丧偶的妻：

世界将做你的未亡人，哭不完，
说你没有把自己的形影留下来，
而一切个人的寡妇却只要看见
孩子的眼睛就记住亡夫的神态。

浪子在世间挥霍的任何财产
只换了位置，仍能为世人享用；
而美的消费在世间可总有个完，
守着不用，就毁在本人的手中。

对自己会作这么可耻的谋害，
这种心胸不可能对别人有爱。

Is it for fear to wet a widow's eye,

That thou consum'st thy self in single life?

Ah! if thou issueless shalt hap to die,

The world will wail thee like a makeless wife;

The world will be thy widow and still weep

That thou no form of thee hast left behind,

When every private widow well may keep

By children's eyes, her husband's shape in mind:

Look! what an unthrift in the world doth spend

Shifts but his place, for still the world enjoys it;

But beauty's waste hath in the world an end,

And kept unused the user so destroys it.

    No love toward others in that bosom sits

    That on himself such murd'rous shame commits.

商籁第9首的核心比喻是"寡妇"，以一种典型莎士比亚式的夸张修辞，把整个世界比作一个潜在的寡妇——假如俊美青年不肯结婚生子，就是要逼迫全世界为他"守活寡"，从而犯下谋杀大罪。

"你是否害怕让某位寡妇的眼睛湿润 / 才在这独身生活中消耗你自身？"全诗以一个并非真正疑问的问句开场，巧妙地用"善良"来为俊美青年的丁克人生开脱。仿佛除了致意对象"你"，此诗还有公开的不可见的听众；仿佛要在众人面前为自己的爱慕对象的不婚不育辩护——不是出于某种见不得人的怪异或者自私，而恰恰是出自"善良"，害怕自己死后会令妻子心碎，所以干脆选择独身。但在第3—4行中，诗人代替他的俊友回答了问句中假设的情境：如果是因为不想留下寡妇才不结婚，"你"可省省吧，因为"你"若独身，就会使整个世界都成为寡妇。

Ah! if thou issueless shalt hap to die,

The world will wail thee like a makeless wife

啊! 假如你不留下子孙就去世，

世界将为你哭泣，像丧偶的妻

hap to do sth. 相当于 happen to do sth.，"碰巧"（hap）本是一个中古英语单词，来自古斯堪的纳维亚语名词 happ

（好运气）。它在此句中却没有好运的意思，反而是其词源的反面，诗人说，如果"你"没生孩子就"碰巧"/"不幸"死去，那么世界就会如一个"失去配偶的"（makeless）妻子一样为你哀苦。makeless 又是一个中古英语单词，来自名词 make（爱人／情侣／夫妻中的一方），该词在莎士比亚写作前一个多世纪还常见于诗歌中，其中最有名的要数约写于 1400 年的《我吟唱一位少女》（*I Syng of a Mayden*）。在这首中古英语圣母颂诗中，makeles(s) 指少女玛利亚没有（实质上的）配偶——玛利亚的终身童贞在 4 世纪之后已成为不可撼动的教义，奥古斯丁在第 51 篇布道文中直白地称她为"一个没有性欲的母亲"，而称神为她选定的丈夫、年迈的约瑟为"一个没有性能力的父亲"。此诗第一节如下：

I syng of a mayden

þat is makeles,

Kyng of alle kynges

To here sone she ches.

我吟唱一位少女

少女独身一人（举世无双），

她选作自己的儿子：

君王中的君王。

（包慧怡 译）

作为形容词的 makeles 在此处构成多重双关，与之最接近的现代英语单词是 matchless，在此既可以指少女"没有配偶"（without a match, mateless），又可以指少女（的美貌和德行等）"举世无双"。其次，makeles 亦被看作与拉丁文词组 *sine macula*（without a stain, without fault）构成近形双关，表示"纯洁无垢，无污点"（markless），并暗示圣母的无玷受孕（immaculate conception），即玛利亚在其母安妮腹中受孕时不沾染原罪。

回到莎士比亚这首以早期现代英语写就的诗，我们不难看出中古英语抒情诗对其用词、譬喻、修辞技巧的影响。中古英语中，make 一词还经常被用来指涉《旧约·雅歌》中基督的佳偶、基督的新娘，甚至是作为《雅歌》式神秘婚姻（mystical marriage）中的新郎的基督本人。诗人没有选择现代英语中更现成的词汇，诸如 matchless、mateless 或 spouselessm，却挑选了一个正在绝迹的、带有浓重神学内涵的中古英语单词 makeless，来形容独身的"你"会让世界这个"寡妇"进入的状态，某种意义上正是将这位举世无双的俊友比作了基督本人。诗人接下来运用了首语重复法（anaphora），继续发展"世界寡妇"这一比喻：

The world will be thy widow and still weep

That thou no form of thee hast left behind,

When every private widow well may keep

By children's eyes, her husband's shape in mind

世界将做你的未亡人，哭不完，

说你没有把自己的形影留下来，

而一切个人的寡妇却只要看见

孩子的眼睛就记住亡夫的神态。

这一段的潜台词是，这世上每个结婚的男子都可能留下"私人的寡妇"（private widow，也就是 individual widow，"各自的寡妇"），但如此完美的"你"若不结婚，就将使得世界成为一个公共的寡妇（public widow）。当每个私人的寡妇都可以在自己孩子的眼睛里继续看见丈夫的样貌，"你"却使自己美丽的"形体"（form），或"你"身上包含的柏拉图式的美的"理念"（form），都无迹可寻。在接下来的第三节四行诗中，诗人进一步点明了俊友身上的这种美，并将它比作一种可流通的资产。他写道，钱财的浪费犹可原谅，因为货币不过是从这个人手中流通到另一个人手中，"变换位置"（shitfs but his place）；但"美"的浪费不可原谅，因为如果不去使用（不去繁殖），美将会随着美人生命的陨落而彻底消失：

Look! what an unthrift in the world doth spend

Shifts but his place, for still the world enjoys it;

But beauty's waste hath in the world an end,

And kept unused the user so destroys it.

浪子在世间挥霍的任何财产

只换了位置，仍能为世人享用；

而美的消费在世间可总有个完，

守着不用，就毁在本人的手中。

第 10 行 shifts but his place 中的第三人称代词 his 又是一个中古英语用法。中古英语中的 his 同时是单数阳性和中性的所有格，同时承担现代英语中 his 和 its 的功能，需要根据上下文判断具体所指，本诗中特指"被败家子在世上挥霍掉的事物"（what an unthrift in the world doth spend），即钱财、资产。spend 在这句话里还有显著的性意味。而 unused、user 这些词，以及我们在之前的《高利贷惜时诗》（商籁第 4 首）中看到的 usurer、used、abuse 等词，再次将莎氏最喜欢的比喻组之一——经济学相关的奇喻——推至前台。我们看到，无论是原型意义上的普遍的美，还是俊美青年个人所分有的那一份美，都被理解成一种社会资产，它和一切资产一样，必须在流通中体现和增加自己的价值，任何不愿这么做的人都是在"犯罪"，也就是最后对句中所说的：

No love toward others in that bosom sits

That on himself such murd'rous shame commits.

对自己会作这么可耻的谋害，

这种心胸不可能对别人有爱。

    诗人批评俊友这样的独身者是"对自己犯下可耻的谋杀罪"，说这样的心胸里"容不下对他人的爱"。不自爱者，焉能爱人？本诗最后两行斩钉截铁地否决了开篇处为俊友提出的动机——拒绝结婚是出于爱，是为了死后不让未亡人伤心。不，诗人对俊友说，"你"这么做不是出于爱，因为任何"谋杀"自身的美、"谋杀"自己生命的人，都是没有资格谈论爱别人的。欲爱他人，必先自爱，商籁第 9 首结束于这样的逻辑，但莎氏关于自爱与爱人之辩证关系的独特解读才刚开始，将在商籁第 10 首和未来的一系列诗中继续展开。

《米兰的瓦伦汀娜悲悼她的丈夫奥尔良公爵》，
弗勒里 – 法朗索瓦·理查德

羞呀，你甭说你还爱着什么人，
既然你对自己只打算坐吃山空。
好吧，就算你见爱于很多很多人，
说你不爱任何人却地道天公；

因为你心中有这样谋杀的毒恨，
竟忙着要对你自己图谋不轨，
渴求着要去摧毁那崇丽的屋顶，
照理，你应该希望修好它才对。

你改变想法吧，好教我改变观点！
毒恨的居室可以比柔爱的更美？
你应该像外貌一样，内心也和善，
至少也得对自己多点儿慈悲；

　你爱我，就该去做另一个自身，
　使美在你或你后代身上永存。

商籁
第 10 首

———

建筑
惜时诗

For shame deny that thou bear'st love to any,

Who for thy self art so unprovident.

Grant, if thou wilt, thou art beloved of many,

But that thou none lov'st is most evident:

For thou art so possessed with murderous hate,

That 'gainst thy self thou stick'st not to conspire,

Seeking that beauteous roof to ruinate

Which to repair should be thy chief desire.

O! change thy thought, that I may change my mind:

Shall hate be fairer lodged than gentle love?

Be, as thy presence is, gracious and kind,

Or to thyself at least kind-hearted prove:

> Make thee another self for love of me,
>
> That beauty still may live in thine or thee.

商籁第10首中,诗人在整本诗集中首次使用第一人称代词 I 和 me,[1] 无异于为整个诗系列引入了全新的"剧中人"。

在同为惜时诗的商籁第9首末尾,诗人批评保持独身的俊美青年:"对自己会作这么可耻的谋害,/ 这种心胸不可能对别人有爱。"诗人的核心论证是,一个连爱自己都做不到的人,是没有能力去爱他人的。与之相连的商籁第10首在第一、第二节四行诗中延续了这一论证,开篇就直截了当地训诫俊友道:"可耻啊,别再说你对任何人怀有爱情。"(For shame deny that thou bear'st love to any)这也是对商籁第9首中"假想的寡妇"主题的回应:请别用不愿让他人在"你"死后伤心来作为独身的借口,因为"你在自己的事上都这么缺乏远见"(Who for thy self art so unprovident)。unprovident 来自拉丁文动词 *providere*(*pro-+videre*,"向前看"),其形容词形式 provident 意为"高瞻远瞩的,谨慎地为未来作准备的,节省的",作为反义词的 unprovident 则指短视、不作长远打算的,在现代英语中更常用的拼法是 improvident。俊美青年的独身主义被看作一种"短视",他的拒绝繁衍被看作一种"不自爱"。在诗人眼中,不自爱者是没有爱人的资格的,自爱是爱人的起点和基础,故而有了第一节后半部分的阶段性结论,也是诗人要迫使他的俊友"承认"的事实:承

---

1 指在莎士比亚的英文原文中。一些中译本曾在诸如商籁第8首等诗作中补充"我的"等词,这些第一人称代词均不见于莎氏原文,要到本诗中才第一次出现。

115

认吧，许多人爱你，但你显然不爱任何人（Grant, if thou wilt, thou art beloved of many, /But that thou none lov'st is most evident）。

　　第二节四行诗的论证是对第一节的递进，"你"的不自爱（也不爱别人）被升级描述成一种"自恨"（For thou art so possessed with murderous hate, /That 'gainst thy self thou stick'st not to conspire）——仿佛与商籁第 9 首最后一句中的"murd'rous shame"呼应，心灵被一种"杀戮的仇恨"所占据的"你"，竟然毫不犹豫要与自己为敌（stick not 相当于 hesitate not），把谋杀的意图指向自己。在第二节中，第一节里的不自爱、不繁殖直接被转化成了自恨和"自杀"，而这种自杀行为又被比作对一栋房屋及其部件的摧毁，在本节后半部分以及第三节前半部分中，以一系列建筑领域的名词和动词被生动地描述：

Seeking that beauteous roof to ruinate
Which to repair should be thy chief desire.
渴求着要去摧毁那崇丽的屋顶，
照理，你应该希望修好它才对。

O! change thy thought, that I may change my mind:
Shall hate be fairer lodged than gentle love?

你改变想法吧，好教我改变观点！

毒恨的居室可以比柔爱的更美？

对于一座不可避免地正在走向衰朽的房屋的屋顶（roof，此处可指"你"的身体和青春美貌），本应竭尽全力去修复（repair），但"你"却要将它摧毁，使它化为废墟（ruinate）。ruinate 这个动词与其名词形式 ruin 之间的共鸣再直白不过，同时又与 roof、repair 构成头韵。一栋房屋（house）的摧毁，在《圣经》中常被看作对一户家庭（house）或家族（family）的摧毁，比如《马可福音》第 3 章第 25 节："若一家自相纷争，那家就站立不住。"（And if a house is divided against itself, that house will not be able to stand.）这种双关也在现代英语 house 一词的多义性中被保存下来，比如莎士比亚的商籁第 13 首中就直接出现了这样的词句：Who lets so fair a house fall to decay, /Which husbandry in honour might uphold (ll.9–10)——谁会让这样一座美丽的房屋化作断壁残垣，假如可以用辛勤维护来使之屹立不败？商籁第 10 首中虽未直接出现 house 一词，却也同样暗示：俊友不肯修葺自己的"屋顶"，不肯繁衍自己的青春和美，最终是在摧毁一个本可以欣欣向荣的家族，扼杀自己家族的血脉。

这就有了第 10 行那个不是问题的问题：难道"仇恨"

应该比"温柔的爱"住在更美的地方吗（be fairer lodged）？换言之，"你"这座美丽的房屋，难道甘心让仇恨来居住，而不是让爱？诗人代替俊友作出了斩钉截铁的回答，以一个祈使句的方式：O! change thy thought, that I may change my mind——请"改变主意"吧，"你"从前的做法（让仇恨住在自身中）是大错特错的，请让爱取代恨，这样"我"就可以"改变（对你的）看法"。

此处是整个十四行诗系列原文中第一次出现第一人称代词（主格的 I、所有格的 my，还有诗末对句中宾格的 me），仿佛诗人要传递的规训是如此迫切，之前一直隐身未登场的"我"的声音终于要走上前台，面对面向俊友发出呼吁："你"这么美，就该对自己心善些（to thyself at least kind-hearted prove），"你爱我，就该去做另一个自身，/ 使美在你或你后代身上永存"（Make thee another self for love of me, /That beauty still may live in thine or thee）。这当然是诗系列中一个关键的时刻，一个此前始终藏身台下的关键人物终于华丽登场，直接请求台上的另一个人物为了他的缘故改变心意；"我"头一次援引两人之间的（在此被假定为相互的）"爱"作为敦促"你"行动的原因。对句中这一声"为了对我的爱"（for love of me），使这首诗具有了在此前的商籁中尚未出现过的动之以情的色彩。

商籁第 9 首和第 10 首论证的终点是："请爱自己，这样你才可以爱别人。"出发点却是《旧约》和《新约》中反复出现的关于"爱人如己"的训诫："不可报仇，也不可埋怨你本国的子民，却要爱人如己"（《利未记》19∶18）；"当孝敬父母，又当爱人如己"（《马太福音》19∶19）；"其次，就是说，要爱人如己。再没有比这两条诫命更大的了"（《马可福音》12∶31）；"并且尽心，尽智，尽力爱他，又爱人如己，就比一切燔祭，和各样祭祀，好得多"（《马可福音》12∶33）；"要爱邻舍如同自己"（《路加福音》10∶27）；"像那不可奸淫，不可杀人，不可偷盗，不可贪婪，或有别的诫命，都包在爱人如己这一句话之内了"（《罗马书》13∶9）；"经上记着说，要爱人如己。你们若全守这至尊的律法才是好的"（《雅各书》2∶8）。《圣经》中的训诫假定每个人都天生知道爱自己，故要推己及人，把自爱延展为爱人。莎士比亚的第 9 首和第 10 首商籁却为我们呈现了一名连爱自己都不会的青年，一名尚不会自爱，却用"爱他人"（心疼未来的寡妇）来为自己的不自爱开脱的自我欺骗的青年。诗人在这两首诗中的核心言语行为就是敦促俊友停止自欺，在奢谈爱人之前先爱自己——落实到行动上，就是惜时诗组诗的核心主题：繁衍后代，制造"另一个自己"。

"因为全律法都包在'爱人如己'这一句话之内了。"《新约·加拉太书》第 5 章第 14 节的这句总结也适用于商籁第 9 首和第 10 首，只是莎氏巧妙地将规劝的重心切换成更符合俊友情况的"爱己如人"：爱自己吧，如"你"声称会去爱别人那样。

你衰败得迅捷，但你将同样迅捷——
在你出生的孩子身上生长；
你趁年轻灌注的新鲜血液，
依然是属于你的，不怕你衰亡。

这里存在着智慧，美，繁滋；
否则是愚笨，衰老，寒冷的腐朽：
如果大家不这样，时代会停止，
把世界结束也只消六十个年头。

有些东西，造化不准备保留，
尽可以丑陋粗糙，没果实就死掉：
谁得天独厚，她让你更胜一筹；
你就该抚育那恩赐，把它保存好；

造化刻你作她的图章，只希望
你多留印鉴，也不让原印消亡。

As fast as thou shalt wane, so fast thou grow'st
In one of thine, from that which thou departest;
And that fresh blood which youngly thou bestow'st,
Thou mayst call thine when thou from youth convertest.

Herein lives wisdom, beauty, and increase;
Without this folly, age, and cold decay:
If all were minded so, the times should cease
And threescore year would make the world away.

Let those whom nature hath not made for store,
Harsh, featureless, and rude, barrenly perish:
Look whom she best endowed, she gave the more;
Which bounteous gift thou shouldst in bounty cherish:

　　She carved thee for her seal, and meant thereby,
　　Thou shouldst print more, not let that copy die.

迄今为止的惜时诗中，莎士比亚使用的繁殖隐喻多数是基于有机物的。在商籁第11首中，我们将看到一些有力的无机物隐喻，其中一个将成为通向此后的元诗主题的桥梁。

第一节以月亮的盈亏作比，提出一个看似悖论，实则符合自然规律的假定：如果"你"有后嗣，那么当"你"生命的满月逐渐亏减成为残月时，"你"的孩子就将以同样的速度从新月成熟为满月（As fast as thou shalt wane, so fast thou grow'st/In one of thine）。用月亮的阴晴圆缺来比喻人的生命阶段，尤其是一种悖论式的"亏损中的增长"，在献给俊美青年的组诗的最后一首，即商籁第126首中也有一例："在衰老途中你成长，并由此显出来／爱你的人们在枯萎，而你在盛开！"和商籁第11首中"父亲的生命逐渐亏缺而孩子逐渐满盈"不同，商籁第126首聚焦的是俊友作为自然女神的"天选之子"，随着年龄渐长却越来越美（by waning grown），而他的爱慕者们（以及这世上的其他人）却一个个老去（withering）。

回到本诗第一节，同样看似悖论的是，虽然你"离弃了青春"（thou from youth convertest），却仍可以"将青春的血液称作自己的"，因为那鲜血是你注入你孩子体内的（And that fresh blood which youngly thou bestow'st, /Thou mayst call thine）。convert 这个词今天多用于宗教语境中，表示皈依某宗教或者改变信仰（例如，convert to Christian-ity），但它的拉丁文词源 *convertere* 原义即"转向"。诗人说，在俊友生命的月亏中，他会从青春（这条大道上）不可逆地转向，一去不返。

第二节也比较直白，诗人用一个 herein（这里面），概括了惜时诗的主题："这里存在着智慧，美，繁滋；/ 否则是愚笨，衰老，寒冷的腐朽。"（Herein lives wisdom, beau-ty, and increase; /Without this folly, age, and cold decay）herein 相当于 in this，此处指在对繁衍之责任的履行中，有着生而为人所能希冀的一切——智慧、美貌、增益等，诗人的大白话即"娃中自有颜如玉"。作为对照的反面是愚昧、衰老、冰冷的腐朽。两条道路的利弊一目了然，几乎可以看到诗人"催促"俊友当下就作出明智的选择。仿佛这还不够，他还假设"如果人人都（像你）这么想"（不生孩子），那么要不了六十年世界就要灭亡（If all were minded so, the times should cease /And threescore year would make the world away）——这里当然是指人类世界，六十年在文艺复兴时期被看作一个比较理想的寿限。诗人意欲站在伦理制高点上，告诉俊友每个人身上都肩负着繁衍人类这个物种的重责。我们可以料想到这种说教不会有什么说服力。

全诗的重点在第三节和对句中。自第 9 行起，与同样出现月相的商籁第 126 首一样，造化，或曰大自然，以女主人（第 126 首中的 sovereign mistress）或女神的形象现身，就如她在古典拉丁文学中以"自然女士"（Lady Natura）的身份所做的那样，为包括人类在内的万物分派她的馈赠，这馈赠并不均等：

Let those whom nature hath not made for store,
Harsh, featureless, and rude, barrenly perish:
Look whom she best endowed, she gave the more;
Which bounteous gift thou shouldst in bounty cherish
有些东西，造化不准备保留，
尽可以丑陋粗糙，没果实就死掉：
谁得天独厚，她让你更胜一筹；
你就该抚育那恩赐，把它保存好

诗人提醒俊友，自然女神的分派从不公平，让那些"尖刻、丑陋、粗鲁的人无子无嗣地死去吧"，和他们不同，"你"是被自然选中、要为未来的人类繁衍美貌的人。造化的分配不公还进一步体现在，对那些已经接受她最多恩赐的人，她还要给得更多——"你"就是这样的天选之子，因此你必须用慷慨／丰饶（bounty）也即多多繁衍来回报造化的慷慨馈赠（bounteous gift）。造化加倍优待已经受到优待的人，这并非莎士比亚强加于自然女神的特质，《圣经》中就有这种观点的源头。《马太福音》第 25 章中讲了一个"按才受托的比喻"（Parable of the Talents），《路加福音》第 19 章中也有对观文本："天国又好比一个人要到外国去，就叫了仆人来，把他的家业交给他们，按照个人的才干，给他们银子。"（《太》25：14—15）故事中的主人把拿了一千银子却埋在地里无所收获的仆人的银子，夺过来给了拿了五千银子然后做买卖又赚了五千的仆人："因为凡有的，还要加给他，叫他有余；没有的，连他所有的也要夺过来。"（《太》25：29）

《圣经》当然是莎士比亚最熟读的文本之一，无论在诗歌还是戏剧作品中，他始终是在经学和文学传统中写作，并对此毫不讳言。只不过此诗的重点仍是对俊友的训诫：造化既已如此优待"你"，"你"的责任也加倍重大。这就引出了最后对句中那个惊人而至关重要的无机物隐喻：

She carved thee for her seal, and meant thereby,
Thou shouldst print more, not let that copy die.
造化刻你作她的图章，只希望
你多留印鉴，也不让原印消亡。

从字面看，诗人说自然女神把俊友"雕"作了她的"印章"（carved thee for her seal），让他可以把自己多刻几份，好让原件不至于失传。伊丽莎白时代最常用的一种印章是用来封缄的火漆或曰封蜡印章：把加热融化的火漆或封蜡（sealing wax）滴在文件封口处，然后用通常是金属质地的火漆印盖在尚未凝固的蜡上。由于印章上的图案往往是印章主人度身定做、独一无二的（通常带有族徽、姓名字母缩写或其他高度个人化的纹样），就能在较大程度上确保收信人以外的人无法在不被发现的情况下私拆信件。无论是梵蒂冈教宗带有 S.P.Q.R. 字样的印章戒指，还是历代中国皇帝的玉玺，都是一种传达专属权限的工具。商籁第 11 首的对句也是如此，一如阿登版《莎士比亚十四行诗集》的编辑凯瑟琳·邓肯-琼斯所言，对句中提到的"印章"更多是象征着大自然的权威，或是一种"展现权威的标记"。[1]换言之，完美的"你"成为造化神功的最高体现，也就是第 11 行中所谓"最为天赋秉异之人"（whom she best endowed），复制（print）"你"自己（繁衍后代）就是复制自然最好的工艺。

值得一提的是 print 这个词在本诗语境中的潜在双关。字面上，print 在这里是"盖印"之意，也就是"你"这自然之印复制自己的方法。但莎士比亚生活在一个印刷术在欧洲蒸蒸日上、逐渐成为文化传播的首要途径的年代，中世纪手抄本文化正在衰亡，从莎士比亚出生前一个世纪起，古登堡的新发明就缓慢但不可逆地取消着抄写员们繁复工

1 Katherine Duncan-Jones ed., *Shakespeare's Sonnets* (The Arden Shakespeare), 3rd Series, pp. 132–33.

作的必要性。莎士比亚本人依然是个生产手稿的作者，一如戴维·斯科特·卡斯顿在《莎士比亚与书》中所言："作为戏剧家的莎士比亚对印刷书没有明显的兴趣。表演是他为自己的剧作寻求的唯一发表方式。他并未付出努力以出版剧本，或者阻止那些书肆出售的常常粗制滥造的版本的出版"；"莎士比亚本人对印刷的承担仅限于其叙事诗"[1]（指长诗《维纳斯与阿多尼斯》和《鲁克丽丝遇劫记》，两者都是排版精美的印刷书籍，卷首有莎士比亚本人的题献，且都是献给俊美青年的头号候选人南安普顿伯爵的）。这种看法虽然有过于武断之嫌，但总体来说却并未偏离已知的史实。但这并不代表莎士比亚不关注身边日益精良和普及的印刷术对都铎时期整体文化环境的塑造及影响。诗人一定对印刷所中每日上演的"复制"（copy）的魔术印象深刻，当他用 print 这个动词来规劝俊友多多繁衍时，我们几乎可以读出一种既关心给"你"和未来读者留下的"印象"（impression），也关心"印数"（impression，动词 impress 本就具有"留下印象"和"印刻"的双关义）的潜在的作者意识。

关于对句还有一点可以补充。今日的 copy 一词多指复印件，但在 16 世纪以及更早的中世纪英语中，这个词很多时候指原件，一种为复制提供起点的母本，因此诗人在最后一行中重申："你该多多印刻，不让母本消亡。"（Thou

1 David Scott Kaston, *Shakespeare and the Book*, p. 5；戴维·斯科特·卡斯顿，《莎士比亚与书》，第 37—38 页。

shouldst print more, not let that copy die.）这里的 copy 恰恰是指俊美青年本人这份"原件"。此外，copy 的拉丁文名词词源 *copia* 本意为"丰饶，丰盛"，这在今天的一些英语单词诸如"丰饶角"（cornucopia）中依然有所体现，也呼应着贯穿本诗的丰饶（bounty）、馈赠（gift/bestow/endow）、增益（increase/grow）、贮存（store）之主题。

彼得鲁斯·基利斯图斯（Petrus Christus）作于约 1455 年
的一幅捐赠人肖像，墙上有一幅用火漆封固定的图画

我，计算着时钟算出的时辰，
看到阴黑夜吞掉伟丽的白日；
看到紫罗兰失去了鲜艳的青春，
貂黑的鬈发都成了雪白的银丝；

看到昔日用繁枝密叶为牧人
遮荫的高树只剩了几根秃柱子，
夏季的葱绿都扎做一捆捆收成，
载在柩车上，带着一绺绺白胡子——

于是，我开始考虑到你的美丽，
想你也必定要走进时间的荒夜，
芬芳与娇妍总是要放弃自己，
见别人快长，自己却快快凋谢；

　　没人敌得过时间的镰刀呵，除非
　　生儿女，你死后留子孙跟他作对。

When I do count the clock that tells the time,

And see the brave day sunk in hideous night;

When I behold the violet past prime,

And sable curls, all silvered o'er with white;

When lofty trees I see barren of leaves,

Which erst from heat did canopy the herd,

And summer's green all girded up in sheaves,

Borne on the bier with white and bristly beard,

Then of thy beauty do I question make,

That thou among the wastes of time must go,

Since sweets and beauties do themselves forsake

And die as fast as they see others grow;

And nothing 'gainst Time's scythe can make defence

Save breed, to brave him when he takes thee hence.

商籁第 12 首几乎是一首字面意义上的"惜时诗"。"时间"（time）一词不仅重复出现了三次（两次小写，一次大写），并且首句就出现了时间的有形可见的机械见证者——时钟，这在莎士比亚的年代尚被看作几乎具有魔法的新鲜事物——以一个凝望钟面、目送白昼逝入黑夜的抒情叙事者的形象开篇。同时，12 这个数字恰对应着钟面上时针一圈的历程，前十二行仿佛对应着十二个时辰，静静呈现着这首诗中描述时光流逝的第一种模式：曾经荫蔽畜群的树木落光了叶子；夏日绿油油的麦子在秋日被割下；年轻人乌黑的鬈发染上了银色……在这种模式中，时光并不作恶，它不过是遵照本性安静地"发生"，草木的凋零是随之共同发生的自然事件，不可阻挡，不因谁的意志而转变。在这种模式中，有一种花朵的出现尤其意味深长，它就是第三行中的"过了盛年"的紫罗兰（When I behold the violet past prime）。

在莎士比亚笔下，紫罗兰几乎总是与早逝的生命联系在一起。作为一种常见于英国花园内的春日花朵，它喜凉爽，忌高温，在盛夏到来之前往往已经凋谢。我们不妨看看一些耳熟能详的莎剧中紫罗兰出现的情境。比如《哈姆雷特》第一幕第三场，奥菲利娅的哥哥雷欧提斯告诫奥菲利娅说："对于哈姆雷特和他的调情献媚，你必须把他认作年轻人一时的感情冲动，一朵初春的紫罗兰早熟而易凋，馥郁而不能持久，一分钟的芬芳和喜悦，如此而已。"后来，当奥菲利娅溺死在河中，悲恸欲绝的雷欧提斯表示希望妹妹的墓中生出紫罗兰："把她放下泥土里去；愿她娇美无瑕的肉体上，生出芬芳馥郁的紫罗兰来！"

在莎氏晚年的传奇剧《泰尔亲王配力克里斯》第四幕第一场中，女主人公玛丽娜带着鲜花去祭奠她认为已死的母亲，她所选取的装点坟墓的花朵中就有紫罗兰："不，我要从大地女神的身上偷取诸色的花卉，点缀你的青绿的新坟；在夏天尚未消逝以前，我要用黄的花、蓝的花、紫色的紫罗兰、金色的万寿菊，像一张锦毯一样铺在你的坟上。唉！我这苦命的人儿，在暴风雨之中来到这世上，一出世就死去了我的母亲；这世界对于我就像一个永远起着风浪的怒海一样，把我的亲人一个个从我的面前卷去。"

在不伴随死亡的意象出现时，莎士比亚总是在强调紫罗兰的馥郁香气，这一点在他的同时代人、英国植物学和植物绘画的奠基人之一约翰·杰拉德（John Gerarde）的巨著《草木志，或植物通史》（*The Herball: Or Generall Historie of Plantes*，下文简称为《草木志》）中亦被反复强调。杰拉德的《草木志》出版于1597年的伦敦，几乎和莎士比亚十四行诗系列的写作时期相同。《草木志》对当时和后世英国植物学的影响巨大，学者们公认莎士比亚很可能熟读这本书，作为对他源于自然的植物学知识的补充。杰拉德对紫罗兰的描述是"优于其余诸花，香气宜人，且姿容优雅万千"，说这种花不仅适合于编织花环，还能制成糖浆改善各种气管、口腔和胸部疾病。莎氏在戏剧中常用紫罗兰作为"芳香"的信使，比如《第十二夜》开篇伊始（第一幕第一场），处于对奥丽维娅的单相思中的奥西诺公爵感叹道："假如音乐是爱情的食粮，那么奏下去吧；尽量地奏下去，好让爱情因过饱噎塞而死。又奏起这个调子来了! 它有一种渐渐消沉下去的节奏。啊! 它经过我的耳畔，就像微风吹拂一丛紫罗兰，发出轻柔的声音，一面把花香偷走，一面又把花香分送。够了! 别再奏下去了! 它现在已经不像原来那样甜蜜了。"

在诗歌中也同样如此。十四行诗系列中另一处出现紫罗兰的地方是第 99 首，莎士比亚在那首诗中斥责紫罗兰从爱人的呼吸中偷走了芳香（也从他的血液中偷走了颜色）：

The forward violet thus did I chide:

Sweet thief, whence didst thou steal thy sweet that smells,

If not from my love's breath? The purple pride

Which on thy soft cheek for complexion dwells

In my love's veins thou hast too grossly dy'd. (11.1–5)

我把早熟的紫罗兰这样斥责：

甜蜜的小偷，你从哪里窃来这氤氲，

若非从我爱人的呼吸? 这紫色

为你的柔颊抹上一缕骄傲的红晕，

定是从我爱人的静脉中染得。

（包慧怡 译）

　　紫罗兰的既美且香及其短命之间形成了残酷的对照，出现在商籁第12首这首惜时诗中也就格外相宜。全诗第二节中还有一个触目惊心的植物死亡的意象：被割下、捆成束、送上木板车的麦子，经历的不仅是从田野里到"灵车"（bier）的空间转移，从生机盎然的夏日到成为无机物的秋日的时间流逝（And summer's green all girded up in sheaves），还有从青葱到花白的色彩变化，其抽出麦穗的过程亦被比作如老去的男子长出"坚挺的白须"（Borne on the bier with white and bristly beard）——草木的荣枯与人类衰老的过程之间建起了平行联系，两者都服从时光无动于衷的法律。

　　而这些都是本诗中时间发生的第一类表现，在小写的time的行为模式中，时间只是自然而被动地逝去，并不主动出击。到了最后的对句中，出现了本诗中时间的第二种形象：拟人的、手持镰刀的、形象类似于"严酷的收割者"（Grim Reaper，即死神）的、大写的"时间"（Time）。这一模式下"时间"的形象更为凶悍狰狞，摧毁万物（尤其是美丽的事物）是它的天性，大写的"时间"将无情地收割俊美青年的生命，除非他以"繁殖"（breed）来抵御死亡。时间作为凶悍的生命收割者，其不详的影子在上文关于割下的麦子"被装上灵车"的诗句中已经出现过，但只有到了对句中才全然彰显真身，与希腊神话中手持镰刀的时间之神克罗诺斯合二为一：

And nothing 'gainst Time's scythe can make defence

Save breed, to brave him when he takes thee hence.

没有什么能阻止时光挥舞镰刀，

除了繁殖，当它带走你的时辰来到。

（包慧怡 译）

25 岁即英年早逝的英国浪漫派诗人约翰·济慈是莎士比亚的忠实崇拜者，他一生中大部分时间都随身携带一本《莎士比亚十四行诗集》，在去世前几个月因患晚期肺结核而去意大利养病的慢船上也手不释卷，其生命中最后一首完成的十四行诗《明亮的星》（*Bright Star*）的初稿就写在莎翁十四行诗集的空白处。济慈的那本莎翁十四行诗集今藏哈佛大学豪顿图书馆（Houghton Library），其中，在商籁第 12 首关于麦子被装上"灵车"的那行旁边，自知生命已进入倒计时的济慈用铅笔写道："竟然要承受这样的事吗？诸君，且听！"（Is this to be borne? Hark ye!）

莎士比亚同时代植物画家
雅克·勒·默恩（Jacques Le
Moyne de Morgues）笔下的
紫罗兰，16世纪晚期

约翰·杰拉德《草木志》
1597年初版封面

愿你永远是你自己呵! 可是, 我爱,
你如今活着, 将来会不属于自己:
你该准备去对抗末日的到来,
把你可爱的形体让别人来承继。

这样, 你那租借得来的美影,
就能够克服时间, 永远不到期:
你死后可以重新成为你自身,
只要你儿子保有你美丽的形体。

谁会让这么美好的屋子垮下去,
不用勤勉和节俭来给以支柱,
来帮他对抗冬天的狂风暴雨,
对抗死神的毁灭一切的冷酷?

　　只有败家子才会这样呵——你明白:
　　你有父亲, 你儿子也该有啊, 我爱!

反驳
惜时诗

O! that you were your self; but, love, you are

No longer yours, than you your self here live:

Against this coming end you should prepare,

And your sweet semblance to some other give:

So should that beauty which you hold in lease

Find no determination; then you were

Yourself again, after yourself's decease,

When your sweet issue your sweet form should bear.

Who lets so fair a house fall to decay,

Which husbandry in honour might uphold,

Against the stormy gusts of winter's day

And barren rage of death's eternal cold?

    O! none but unthrifts. Dear my love, you know,

    You had a father: let your son say so.

这首诗被文德勒称作"应答诗"（reply-sonnet），[1] 也就是说，诗中"我"的申辩和劝诫是对一个没有直接登场的声音，也即俊美青年"你"的某种发声的回应。作为读者的我们只能听见第一人称抒情主人公"我"的"反驳"，并由此来推测"我"要否定的是怎样一种意见，揣度"你"的立场。在整个诗系列中还有不少这样的应答诗，文德勒作为典型举例的还有商籁第 76 首、第 110 首、第 116 首和第 117 首等。从诗歌史角度来看，这类诗可以一直向前追溯到中古英语写就的《猫头鹰与夜莺》（*The Owl and the Nightingale*）这类中世纪盛行的辩论诗（debate poem）。

我们可以从第一节中使用虚拟式的部分，看出那缺席的被驳斥的主张是什么："哦，假如你真是你自己就好了；可是爱人啊 / 你将不再属于你自己，不似你在此世的生命……"（O! that you were your self; but, love, you are/No longer yours, than you your self here live …）如果我们接受这是一首意在反驳的应答诗，那么不难想象俊友曾表达过的意见大致是：我是我自己，这就足够了，我不需要繁衍子嗣来制造新的自己。而诗人通篇就是要反对这种意见，通过一种修辞上的让步（"假如你真是你自己就好了"，可惜现实并非如此），来巩固和强化自己的主张，即规劝繁衍的组诗主题：你应当未雨绸缪，为必定到来的死亡做好准备，把自己的形象交给"另一个人"（子嗣）。第一节四行诗

1 Helen Vendler, *The Art of Shakespeare's Sonnets*, p. 103.

的后半部分和整个第二节四行诗都用来强调这种主张：

Against this coming end you should prepare,

And your sweet semblance to some other give:

你该准备去对抗末日的到来，

把你可爱的形体让别人来承继。

So should that beauty which you hold in lease

Find no determination; then you were

Yourself again, after yourself's decease,

When your sweet issue your sweet form should bear.

这样，你那租借得来的美影，

就能够克服时间，永远不到期：

你死后可以重新成为你自身，

只要你儿子保有你美丽的形体。

　　短短六行中出现了三个 sweet，诗人仿佛正以重复的
用词模拟他所主张的"复制"（semblance），这个词也可译
作"相似"（likeness）或直接用来指"肖像"（picture）。就
像我们之前在商籁第 11 首（印章惜时诗）中看到的，诗人
说他的俊友有自我复制的义务，因为他所具有的美貌不过
是自然租赁给他的（that beauty which you hold in lease）。

自然／造化（Nature）作为"美"的出租者的形象在商籁第4首第3行中就已出现过（Nature's bequest gives nothing, but doth lend），此后还会在第18首等商籁中一再出现。只有当"你"承担起"复制你自己"的职责，自然出租的美才"不会终止"（Find no determination），这里的determination 相当于 termination，该词的这种用法今天已几乎完全看不到了。那时"你"的后代（issue）将继承"你"的外形（form），此处的 form 也可以解作新柏拉图主义意义上的"形式"或"原型"。

以上八行是对俊友的"自给自足说"的直接的、针对具体个人的反驳。从第三节四行诗起，诗人转入一个新的论证方向——使用隐喻来描述人类的普遍行为模式。这里的核心隐喻和商籁第10首一样，是关于房屋和建筑的，并且第三节中的四行诗共同组成一个完整的反问句：

Who lets so fair a house fall to decay,

Which husbandry in honour might uphold,

Against the stormy gusts of winter's day

And barren rage of death's eternal cold?

谁会让一座华屋化作断壁残垣

若能用辛勤维护使之屹立不败

抵御冬日肆虐的暴风，还有

死亡之永寒的贫瘠愤怒？

正如我们在商籁第 10 首的解读中提过的，"房屋"（house）一词自《圣经》而下就具有家庭、家族、王朝等多重含义，在有些语境中则同时具有这些含义，《旧约·传道书》第 7 章第 4 节中"智慧人的心，在遭丧之家；愚昧人的心，在快乐之家"（The heart of the wise is in the house of mourning; but the heart of fools is in the house of mirth）里的"家"（house）就是一例。本诗第 9 行中的"房屋"除了指俊友的身体（肉体作为灵魂的居所是一个古老的隐喻），侧重点还是放在 house 作为家族或王朝的这层意思上。正如金雀花王朝的两大支系兰开斯特家族（House of Lancaster）和约克家族（House of York）之间的长年纷争（所谓"玫瑰战争"）是莎士比亚多部历史剧的题材，此句 house 一词本身就暗示了血统的高贵，暗指俊友可能是贵族或王戚出身。如此，结婚生子除了是一种自我保存的方式，更是每个都铎时期的贵族青年必须承担的家族责任——尤其若当事人是长子或独子，就如俊美青年的头号候选人南安普顿伯爵的情况那样。这个长达四行的反问句本身已包含对自己的回答，但诗人仍在最后的对句中明确无误地给出了答案：

144

O! none but unthrifts. Dear my love, you know,

You had a father: let your son say so.

只有败家子才会这样呵——你明白：

你有父亲，你儿子也该有啊，我爱！

不会有人（愚蠢到）这么做的，除非是挥霍无度的浪子（unthrifts）——unthrift 这里作为指人的名词出现，我们已在商籁第 4 首第 1 行中看到过它的形容词形式表示同样的意思（unthrifty loveliness）。值得注意的是，第 13 行中诗人直白地将俊友称为"我亲爱的爱人"（dear my love），和本诗第 1 行中的"爱人"（love）一样，这些都是十四行诗系列中第一次出现确凿无疑的对"你"的爱称。在此诗之前，诗人似乎满足于含蓄地称呼俊友为"温柔的村夫"（tender churl）、"悦耳之音"（music to hear）等。我们知道《莎士比亚十四行诗集》前 126 首都是致俊友的传情之作，而这在第 13 首商籁第 13 行中才迟迟出现的爱的告白，是否有什么数理上的深意，是否一开始就预言了这段关系的不幸结局？

商籁第 13 首虽然在韵学上仍是一首典型的英国式十四行诗，但在内在的论证逻辑上，其实是一首 8+6 结构的准意大利体十四行诗：前面的八行诗（octave）处理个体自我的繁衍，后面的六行诗（sestet）处理家族血脉的延续。这类"英国皮、意大利骨"的商籁我们今后还会遇见。

在莎士比亚同时代荷兰女画家克拉拉·皮特斯
（Clara Peeters）所绘《虚空图》（*Vanitas*，约
1610 年）中，少女（被认为是女画家的自画像）
手中的镜子是典型的死亡预警（*memento mori*）

我的判断并不是来自星象中；
不过我想我自有占星的学说，
可是我不用它来卜命运的吉凶，
卜疫疬、灾荒或者季候的性格；

我也不会给一刻刻时光掐算，
因为我没有从天上得到过启示，
指不出每分钟前途的风雨雷电，
道不出帝王将相的时运趋势：

但是我从你眼睛里引出知识，
从这不变的恒星中学到这学问，
说是美与真能够共同繁滋，
只要你能够转入永久的仓廪；

    如若不然，我能够这样预言你：
    你的末日，就是真与美的死期。

占星
惜时诗

Not from the stars do I my judgement pluck;

And yet methinks I have astronomy,

But not to tell of good or evil luck,

Of plagues, of dearths, or seasons'quality;

Nor can I fortune to brief minutes tell,

Pointing to each his thunder, rain and wind,

Or say with princes if it shall go well

By oft predict that I in heaven find:

But from thine eyes my knowledge I derive,

And constant stars in them I read such art

As 'Truth and beauty shall together thrive,

If from thyself, to store thou wouldst convert';

    Or else of thee this I prognosticate:

    'Thy end is truth's and beauty's doom and date.'

商籁第 14 首虽然仍是一首典型的"惜时诗"，却也可以同时放入"玄学诗"的主题中去考量。我们可以在本诗中看见莎士比亚对各类星象知识和术语的熟稔——如一个受过良好教育的文艺复兴英国绅士那般——如他在戏剧作品中时不时彰显的那样。如《特洛伊罗斯与克瑞西达》第一幕第三场中，莎氏让俄底修斯发表了一段关于天体运行规律主宰宇宙乃至人世和谐的演说：

The heavens themselves, the planets and this centre

Observe degree, priority and place,

Insisture, course, proportion, season, form,

Office and custom, in all line of order;

And therefore is the glorious planet Sol

In noble eminence enthroned and sphered

Amidst the other; whose medicinable eye

Corrects the ill aspects of planets evil,

And posts, like the commandment of a king,

Sans cheque to good and bad: but when the planets

In evil mixture to disorder wander,

What plagues and what portents! what mutiny!

What raging of the sea! shaking of earth!

Commotion in the winds! frights, changes, horrors,

Divert and crack, rend and deracinate

The unity and married calm of states

Quite from their fixure! O, when degree is shaked,

Which is the ladder to all high designs,

Then enterprise is sick! (ll. 86–104)

> 诸天的星辰，在运行的时候，谁都恪守着自身的等级和地位，遵循着各自的不变的轨道，依照着一定的范围、季候和方式，履行它们经常的职责；所以灿烂的太阳才能高拱出天，炯察寰宇，纠正星辰的过失，揭恶扬善，发挥它的无上威权。可是众星如果出了常轨，陷入了混乱的状态，那么多少的灾祸、变异、叛乱、海啸、地震、风暴、惊骇、恐怖，将要震撼、摧裂、破坏、毁灭这宇宙间的和谐！纪律是达到一切雄图的阶梯，要是纪律发生动摇，啊！那时候事业的前途也就变成黯淡了。

又如《第十二夜》第一幕第三场中，托比和安德鲁有一段关于其（本）命宫金牛对应人体哪些部位的讨论，体现出典型中世纪-文艺复兴时期认为宏观宇宙（星辰）与微观宇宙（人体）的运动存在彼此感应的"星象解剖学"（astrological anatomy）思想：

Toby:

Is it a world to hide virtues in? I did think, by the excellent constitution of thy leg, it was formed under the star of a galliard.

Andrew:

Ay, 'tis strong, and it does indifferent well in a flame-coloured stock. Shall we set about some revels?

Toby:

What shall we do else? were we not born under Taurus?

Andrew:

Taurus! That's sides and heart.

Toby:

No, sir; it is legs and thighs. (ll.116–123)

托比：这世界上是应该把才能隐藏起来的吗？照你那双出色的好腿看来，我想它们是在一个跳舞的星光底下生下来的。

安德鲁：哦，我这双腿很有气力，穿了火黄色的袜子倒也十分漂亮。我们喝酒去吧？

托比：除了喝酒，咱们还有什么事好做？咱们的命宫不是金牛星吗？

安德鲁：金牛星！金牛星管的是腰和心。

托比：不，老兄，是腿和股。跳个舞给我看。

商籁第 14 首开篇说，"我的判断并不是来自星象中；／不过我想我自有占星的学说"（Not from the stars do I my judgement pluck; /And yet methinks I have astronomy）。"我"虽然看似通篇使用占星家／星相学家的术语，诗人塑造的却是一个挑战传统占星家的叙事者，一个戏仿的星相学家。占星学（astrology）是中世纪大学"七艺"教育下"科学四艺"（*quadrivium*）中的一门，更精确的译法应为"星相学"。它的古希腊文词源 astra（星）+logos（测量，话语）本身就暗示出，星相学起先从事的就是如今被归入天文学（astronomy）名下的研究：对星星运动轨迹和规律的测量和解读。在欧洲，直到 17 世纪，astrology 和 astronomy 都被当作某种近义词使用。[1] 近代以来，星相学中基于严谨测算、科学实验和缜密推论的部分才被从 astrology 一词中剥离，放入 astronomy 一词下，以彰显一门有别于从前占星学的新兴学科的兴起。占星学／星相学和天文学的关系有点像炼金术和化学的关系，启蒙时代以来，炼金术同样遭到了全面污名化，即使现代化学正是脱胎于中世纪与文艺复兴炼金术，"化学"（chemistry）这个学科名称本身就来自阿拉伯语中的 alchemy（الحيمياء）——"炼金术"。

在莎士比亚生活的 16—17 世纪，欧洲各大宫廷都有自己的御用占星家，其中不少都被今人视作杰出的天文学家，比如神圣罗马帝国皇帝鲁道夫二世的皇家占星师第谷·布

1 Matilde Battistini, *Astrology, Magic and Alchemy in Art*, p. 14.

拉赫，以及接任他的约翰尼斯·开普勒。伊丽莎白一世本人的宫廷占星师约翰·迪（John Dee）博士因为醉心通灵术和恶魔学，名声要更可疑一些，但他同样是当时英国最优秀的数学家和天文学家，并通过其占星知识为女王选定了登基吉日。

　　熟知这一切的莎士比亚，却在商籁第 14 首中创造了一个不同于传统宫廷占星师的、不问俗世的星相学家形象。宫廷占星师所擅长的一切——推算节气、占卜流年、预测灾厄——都是非主流占星家"我"所不能、不愿或不屑染指的"世俗"占星：

But not to tell of good or evil luck,

Of plagues, of dearths, or seasons' quality;

可是我不用它来卜命运的吉凶，

卜疫疠、灾荒或者季候的性格；

Nor can I fortune to brief minutes tell,

Pointing to each his thunder, rain and wind,

Or say with princes if it shall go well

By oft predict that I in heaven find

我也不会给一刻刻时光掐算，

因为我没有从天上得到过启示，

指不出每分钟前途的风雨雷电，

道不出帝王将相的时运趋势

"我"自称不会给一刻刻的时光掐算，"我"也不是天气预报，因为不曾从天上得到过启示。诗人字面上谦卑地说"我不会"（Nor can I），仿佛阻碍"我"成为宫廷占星师的是能力的欠缺，弦外之音却是"我不愿"——同样可以由第5行首的 Nor can I 表示，内涵却更接近 Nor will I——此处真正欠缺的是意愿，因为"我"根本不曾渴望成为御用星相学家，不愿成为约翰·迪博士这样的王室的红人，"我"的占星术涉足的，是一个纯然私人的领域：

But from thine eyes my knowledge I derive,

And constant stars in them I read such art

As 'Truth and beauty shall together thrive,

If from thyself, to store thou wouldst convert'

但是我从你眼睛里引出知识，

从这不变的恒星中学到这学问，

说是美与真能够共同繁滋，

只要你能够转入永久的仓廪

这是一个非常典型的"转折段"（volta，意大利语"跳跃，跳一跳"）。英式十四行诗的转折一般出现在第三节四行诗，比较晚的也有到诗末对句里才"跳"。本诗的 volta 出现在一个经典位置（第三节第一行），由经典转折词 but 引出。在两节四行诗的铺垫后，"我"终于郑重地剖白自己：只关心世俗运数和帝王将相的宫廷占星师观察自然界的星辰，但是"我"不占天上的星星，"我"占的是心上人的眼睛。"我"只从"你的眼睛"（thine eyes）里得出知识，从这"不变的恒星"（constant stars）中获得学问。

constant stars 这个词组大有深意。"不变的恒星"是相对于"行星"而言的，"行星"在中古英语和早期现代英语中常用 erratik sterres 来表述，字面意思是"浪游的星星"（erratic stars）。文艺复兴星相学继承中世纪基于托勒密天体图的占星体系，将地球看作位于宇宙中心的不动点，日月和金木水火土五大行星统称"流浪之星"（wandering stars），栖居在各自的天层（sphere）中，行星天层之外另有恒星天和原动天。在这一经典体系中，"流浪之星"或"行星"和我们今天的"行星"（planet）概念并不完全一致，太阳和月亮都被看作"行星"，而天王星和海王星这些今日的行星尚未被发现。莎士比亚在第 10 行中格外强调，"你"的眼睛是恒定不变的恒星（constant stars），不是世俗占星家的测算所依靠的浪游的行星。因此，"我"的占星术也超越人事的吉凶和尘世的变迁，要看进灵魂的最深处，直接凝视整个宇宙形而上的命运。

"你"的眼睛就是"我"灵魂的镜子,"我"在其中读出的真理是,"说是美与真能够共同繁滋,/只要你能够转入永久的仓廪"('Truth and beauty shall together thrive, / If from thyself, to store thou wouldst convert')。convert 的词源意为"转向",诗人规劝俊友从"(关注)自身"(from thyself)转向"贮存自身"(to store),但此行的句序也隐藏了另一重理解可能,即将"贮存自身"(繁衍子嗣)看作一种须被俊友"皈依"(convert)的信仰。莎氏再次将一件最寻常和世俗的事——"繁衍子嗣"——拔高到神学的高度:请"你"改宗,从信奉独身主义到信仰生命的延续,如此,"美与真能够共同繁滋"。但若不然,"我"将以"你"的专属占星师的身份作出不详的预言:

Or else of thee this I prognosticate:
'Thy end is truth's and beauty's doom and date.'
如若不然,我能够这样预言你:
你的末日,就是真与美的死期。

"你"被置换成了世间所有真与美的化身,以至于"你"如果独身死去,宇宙中的一切真与美也将不复存在。至此,全诗公共占星师与私人占星师之间的对照,也被置

156

换成了世俗占星师与哲学-美学占星师的独立。诗人以后者自居，并最终回归到"惜时诗"组诗的主题。一如在其多部剧作中可见的，莎士比亚的星相学知识并非浅尝辄止，而是对其原理和术语有相当程度的理解，因而他能以高度个人化的方式从内部解构传统星相学的修辞，写出这样一首独辟蹊径的占星惜时诗。

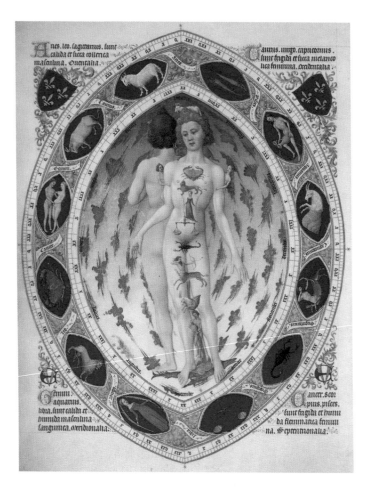

黄道星座人体,《贝里公爵的奢华时辰书》,
林堡兄弟, 15世纪法国

我这样考虑着：世间的一切生物
只能够繁茂一个极短的时期，
而这座大舞台上的全部演出
没有不受到星象的默化潜移；

我看见：人类像植物一样增多，
一样被头上的天空所鼓舞，所叱责；
在青春朝气中雀跃，过极峰而下坡，
坚持他们勇敢的品格到湮没——

于是，无常的世界就发出奇想，
使你青春焕发地站在我眼前，
挥霍的时间却串通腐朽来逞强，
要变你青春的白天为晦暗的夜晚；

　　为了爱你，我要跟时间决斗，
　　把你接上比青春更永久的枝头。

When I consider every thing that grows

Holds in perfection but a little moment,

That this huge stage presenteth nought but shows

Whereon the stars in secret influence comment;

When I perceive that men as plants increase,

Cheered and checked even by the self-same sky,

Vaunt in their youthful sap, at height decrease,

And wear their brave state out of memory;

Then the conceit of this inconstant stay

Sets you most rich in youth before my sight,

Where wasteful Time debateth with decay

To change your day of youth to sullied night,

    And all in war with Time for love of you,

    As he takes from you, I engraft you new.

商籁第 15 首是诗系列中的倒数第三首惜时诗,时光摧折青春的主题虽然得到了延续,诗人提出的解决方案却已过渡到元诗的领域。本诗的格局也不再限于个体生命的兴衰,而是开篇第一节就着眼于"每一种生物":

When I consider every thing that grows

Holds in perfection but a little moment,

That this huge stage presenteth nought but shows

Whereon the stars in secret influence comment

我这样考虑着:世间的一切生物

只能够繁茂一个极短的时期,

而这座大舞台上的全部演出

没有不受到星象的默化潜移

When I consider 这个句式很可能直接借用自经文。《旧约·诗篇》第 8 章第 3 节:"我观看你指头所造的天,并你所陈设的月亮星宿。"在莎士比亚时代通用的、出版于 1568 年的《主教圣经》(*Bishop's Bible*)中,原文是这样的: "*For I will consider* thy heauens, euen the workes of thy fingers: the moone and the starres whiche thou hast ordayned." 同样是在英格兰,稍晚一些,出版于 1587 年的《日内瓦圣经》(*The Geneva Bible*),以及出版于 1611 年的《詹姆士国

王圣经》(*King James Version*)中的英文与《主教圣经》相差无几——不过，KJV 版圣经虽然对后世影响更深远，却并非被莎士比亚从小熟读并参与其早期语感塑造的版本。

《旧约·传道书》第 1 章第 14 节中的类似表述（"我见日光之下所作的一切事，都是虚空，都是捕风"），在《主教圣经》中的对应原文是："*Thus haue I considered* all these thynges that come to passe vnder the sunne: and lo, they are allbut vanitie and vexation of mynde."这些都是莎士比亚自少年起就耳熟能详并且参与塑造他潜在语感的句式。和商籁第 15 首第二节的开篇句式一样（When I perceive that men as plants increase），都呈现了一个孤独的玄思者的视角。并不是弥尔顿《幽思者》(*Il Penseroso*)中那类内省式的沉思者，本诗思考和叩问的姿态莫如说更像张若虚的《春江花月夜》，即使叩问的内容并不相同，两者却都是放眼寰宇、指向普遍自然规律的外向式哲思。诗人将对俊友命运的反思融入对天地万物盛衰的玄思中，揣度人与草木乃至宇宙共同的命运。这首商籁在视角和结构上的影响，深深体现在莎翁最才华横溢的追随者之一济慈的商籁《每当我害怕生命或许就要止息》(*When I Have Fears that I May Cease to Be*) 中。

本诗第二节四行诗中，"我"观万象而得出的结论是，人命如草木枯荣有时，"同一片天空可任意命之繁盛或凋谢，/（人们）炫耀青春的汁液，刚盛年又转衰 / 再璀璨的岁月都在记忆中湮灭"（Cheered and checked even by the self-same sky, /Vaunt in their youthful sap, at height decrease, /And wear their brave state out of memory）。若要追究这无常变幻背后的原因，一部分已在第一节四行诗后半部分给出："这浩渺的舞台不过是上演幻术 / 暗暗被星辰影响和掌控。"（That this huge stage presenteth nought but shows /Whereon the stars in secret influence comment）"星辰的影响"犹如对上一首商籁（占星惜时诗）中"从星辰采集推断"的指涉。关于中世纪至文艺复兴时期人们对"星辰影响力"的态度，C.S. 刘易斯在《废弃的意象》（The Discarded Image）中有精准的归纳：

占星学并不独属于中世纪。中世纪从古典时代继承了它，并将它传入文艺复兴……天体影响地面上的实物，包括人类的身体，而通过影响我们的身体，它们能够但不一定影响我们的理智和意志。它们"能够"是因为高级官能必将从低级官能那里接收信息，它们"不一定"则是因为任何以这种方式施加的对我们想象力的改变都不产生必然性，只产生如此这般的倾向。倾向是可以抵御的，所以有智慧的人能够战胜星辰。但更多情况下，倾向不会遭遇抵制，因为智者毕竟是少数，所以，占星学关于多数人行为的预测往往如精算预测一般能被证实。[1]

商籁第 15 首中的"我"对星象的态度与刘易斯所描述的相差无几，从表面看来，这个世界上包括人类在内的大部分造物正是处于"星辰的秘密影响"（secret influence）之下，即第 4 行所云：wherein the stars in secret influence comment。此处诗人使用的动词是 comment（on），星辰"评论"世界这舞台上的各种幻术 / 表象（shows）。若我们记得 comment 的拉丁文词源 *commentare* 意为"设计，发明"，就会明白诗人为星辰安排的角色正是"万物命运的设计者"。在中世纪与早期现代占星学中，能够影响人事的星辰从来不是恒定的，而是那些"浪游的星星"——如我们在商籁第 14 首中看到的那样——而处于这些"行星"影响之下的万事万物同样是"不恒定"（inconstant）的：

Then the conceit of this inconstant stay
Sets you most rich in youth before my sight,
Where wasteful Time debateth with decay
To change your day of youth to sullied night
于是，无常的世界就发出奇想，
使你青春焕发地站在我眼前，

1 引自 C.S. 刘易斯《中世纪的星空》（包慧怡译，《上海文化》2012 年第 3 期），第 89—90 页。

挥霍的时间却串通腐朽来逞强，

要变你青春的白天为晦暗的夜晚

第 9 行中的 conceit 不是莎氏笔下这个词最常用的义项"奇喻"，而更接近于 thought、consideration，也就是第一、第二节中 consider、perceive 的结果，可以姑妄译之为"念头"。第一、第二节观察宏观层面的普遍现象并试图归因，第三节则又将论证拉回微观层面：既然所有人的青春和生命都与草木一样韶华易逝，"我"就不得不想到所珍视的"你"，并念及"时光"和"衰朽"都会争先恐后地将"你"身上"青春的白昼"化作"褪色的黑夜"。至此为止，诸多形容植物生命的词语（grows, as plants increase, youthful sap）被同等用于对人类生命周期的描述，诗人已成功地让我们感到，人是万物之链（Great Chain of Being）中并不特殊的一个环节。但他却在对句中，最后用一个园艺领域的动词，使"你"成为特殊的，令"你"同样必朽的生命得到例外的"复活"：

And all in war with Time for love of you,

As he takes from you, I engraft you new.

为了爱你，我要跟时间决斗，

把你接上比青春更永久的枝头。

"我"和时光争夺"你"的手段不再是劝"你"繁衍，而是亲自"为你嫁接／接枝"（engraft you）。engraft 指在切开的植物中扦插入另一种植物的枝条，虽然原先的植物有某一部分组织难免死去，但切口愈合后生长出的新枝，却是实实在在的"新生"（engraft you new）——恰如"我"为"你"写下的诗，它们是"你"，又不完全是"你"。借助从对"你"的爱（love of you）中诞生的、"我"诗歌的园艺，"你"将获得新生，在不恒定的人生舞台上恒久持存。

【附】

When I Have Fears that I May Cease to Be

John Keats

When I have fears that I may cease to be
Before my pen has gleaned my teeming brain,
Before high-pilèd books, in charactery,
Hold like rich garners the full ripened grain;

When I behold, upon the night's starred face,
Huge cloudy symbols of a high romance,
And think that I may never live to trace

Their shadows with the magic hand of chance;

And when I feel, fair creature of an hour,
That I shall never look upon thee more,
Never have relish in the faery power
Of unreflecting love—then on the shore

Of the wide world I stand alone, and think
Till love and fame to nothingness do sink.

每当我害怕生命或许就要止息

约翰·济慈

每当我害怕生命或许就要止息，
我的笔来不及苦集盈溢的思绪，
或把文字变为高高堆起的书籍，
像饱贮的谷仓蓄满成熟的谷米；

每当我看见那缀满繁星的夜景，
巨大星云画出非凡的传奇幻像，
想到即使运气帮忙，对我垂青，
生前或许也无法追摹这些云影；

每当我感到那瞬间即逝的美颜，

也许从今以后再也不可能看见，

更无法享受轻松爱情魔力若仙

——于是，在广袤世界的崖岸，

我形孤影单地伫立，细细思量，

直到爱与声名沉入乌有的穹苍。

（晚枫 译）

黄道十二星座与七大行星，"英国人"巴多罗买
（Bartholomeus Anglicus）《物性论》，15 世纪
手稿

但是为什么你不用更强的方式
来向那血腥的暴君——时间作斗争？
为什么你不用一种比我这枯诗
更好的方法来加强将老的自身？

现在你站在欢乐时辰的峰顶上；
许多没栽过花儿的处女园地
诚意地想要把你的活花培养，
教花儿比你的画像更加像你：

这样，生命线会使生命复燃，
而当代的画笔或我幼稚的笔枝，
不论画外表的美或内心的善，
都没法使你本身在人眼中不死。

　　自我放弃是永远的自我保留；
　　你必须靠你自己的妙技求长寿。

线条
惜时诗

But wherefore do not you a mightier way

Make war upon this bloody tyrant, Time?

And fortify your self in your decay

With means more blessed than my barren rhyme?

Now stand you on the top of happy hours,

And many maiden gardens, yet unset,

With virtuous wish would bear you living flowers,

Much liker than your painted counterfeit:

So should the lines of life that life repair,

Which this, Time's pencil, or my pupil pen,

Neither in inward worth nor outward fair,

Can make you live your self in eyes of men.

To give away yourself, keeps yourself still,

And you must live, drawn by your own sweet skill.

商籁第 15 首结束于"我"决定亲自与时间开战,用自己的"园艺"令爱人获得新生(And all in war with Time for love of you, /As he takes from you, I engraft you new)。这也是整本诗集中诗人第一次直白地提出用自己的诗歌,而非俊友的物理繁衍来延续后者生命的可能。商籁第 16 首是第 15 首的续诗,逻辑关系上却是对第 15 首的否定,直接以一个意外的转折和一个针对俊友的反问句开篇:

But wherefore do not you a mightier way

Make war upon this bloody tyrant, Time?

And fortify your self in your decay

With means more blessed than my barren rhyme?

但你为什么不用更强力的战术

去向这嗜血的时光暴君宣战?

为什么不在衰朽中加固你自己

用比我贫瘠的韵脚更有福的方案?

(包慧怡 译)

"时光"和"衰朽"这两个在上一首商籁末尾出现过的拟人形象(Where wasteful Time debateth with decay, l.11, Sonnet 15)再次于本诗第一节中出现,并与军事和战争意象结合，所谓"更强力的战术"也是针对第 15 首末尾提出的"（让我用诗艺）为你嫁接"而言的，本诗第 4 行的自谦"我贫瘠的韵脚"更印证了这一点。也是在这一行中，叙事者"我"在整个十四行诗系列中第一次明白无误地表明自己的身份：一位诗人。写诗，文学创造，是本诗中提出的第一种不够强力的保全"你"的方式。第二种方式则在第二节四行诗末尾出现：

Now stand you on the top of happy hours,

And many maiden gardens, yet unset,

With virtuous wish would bear you living flowers,

Much liker than your painted counterfeit

现在你站在欢乐时辰的峰顶上；

许多没栽过花儿的处女园地

诚意地想要把你的活花培养，

教花儿比你的画像更加像你

此节中的花园意象早在商籁第 3 首（《镜子惜时诗》）中同样的位置（全诗的第 5—6 行）出现过："有那么美的女人么，她那还没人 / 耕过的处女地会拒绝你来耕耘？"（For where is she so fair whose unear'd womb/Disdains the tillage of thy husbandry?）此处的 unear'd womb 直译为"未曾洒下麦穗的子宫"，其实等同于本诗中"尚未播种的少女的花园"（maiden gardens, yet unset）。将少女的子宫看作一座"封闭花园"（*hortus conclusus*）是一个来自《旧约·雅歌》的古老文学传统。《雅歌》中的"新娘"被描述成一座禁闭的花园："我新妇，你的嘴唇滴蜜，/ 好像蜂房滴蜜；/ 你的舌下有蜜有奶……我妹子，我新妇／乃是关锁的园，/ 禁闭的井，封闭的泉源……你是园中的泉，活水的井／从黎巴嫩流下来的溪水。"（《雅歌》，4: 12–5）早期教父对《雅歌》中所罗门王与新娘的对话有着众说纷纭的阐释，其中影响深远的一种就是将"新娘"看作圣母本人，也就是将童贞女玛利亚的子宫看作一座封闭的花园，只有上帝的神意能够穿透。

在商籁第 16 首中，"少女的花园"的所指则直白许多，这些花园"淑娴地盼望为你开出生机勃勃的鲜花"，"鲜花"即"你"的子嗣，他们将比画家笔下的"你的赝品画像"（your painted counterfeit）更像"你"本人。绘画，凡间艺术家的视觉表现，是本诗中提出的第二种不够强力的保全"你"的方法。接着，诗人在第三节四行诗中提出了第三种方式，这也是唯一一种真正能胜任的方式，但它必须由"你"亲自去实施：

So should the lines of life that life repair,

Which this, Time's pencil, or my pupil pen,

Neither in inward worth nor outward fair,

Can make you live your self in eyes of men.

这样，生命线会使生命复燃，

而当代的画笔或我幼稚的笔枝，

不论画外表的美或内心的善，

都没法使你本身在人眼中不死。

第 9 行中的 "lines of life" 一般被解为 "家族血统，血脉"（line of blood, lineage）或是诞生自这一血统的俊友的后代（descent, descendants），但它同时也与下一行中 "时光的画笔"（Time's pencil）以及 "我不成熟的笔"（my pupil pen）构成隐性双关。"时光的画笔"（在此等同于凡俗画家的画笔）可以画下 "你" 的画像，"我不成熟的笔" 可以写下关于 "你" 美貌的诗行，但两者画出或写出的线条都无法与 "生命的线条"（lines of life）相比。这 "生命的线条"，也即血统，只有 "你" 本人能够延续，而 "你" 应该用它们去 "修补生命"（So should the lines of life that life repair），唯有这样，"你" 才能在世人眼中活着，永葆自己 "内在的美德"（inward worth）和 "外在的美貌"（outward fair），而这些（尤其是前者）都是作为代理的画家或诗人无法办到的：

To give away yourself, keeps yourself still,

And you must live, drawn by your own sweet skill.

自我放弃是永远的自我保留；

你必须靠你自己的妙技求长寿。

对句中呈现的关于生命繁衍的悖论是，为了"完整地保全你自己"（keeps yourself still），偏偏需要毫无保留地"把自己给出去"（to give away yourself）。在婚姻中，在爱情中，在性中，性爱也是第 14 行中"你甜美的技巧"（your own sweet skill）之所指。斯蒂芬·布思（Stephen Booth）提醒我们注意 pen、pencil 以及诗中未出现的 penis（阳具）一词在词形上的相近，penis 也是"你"得以实现"你甜美的技巧"的工具。[1] 文德勒则指出 inward（内在）和 outward（外在）共享的"ward"部分反向拼写就是 draw（画），而 inward 的后五个字母反向拼写就是最后一行中的 drawn（draw 的过去分词），并认为艺术家和诗人在"内在"和"外在"两方面都没能成功表现的那部分"你"，只能由"你"自己来完成，通过生物繁殖去"颠覆"他们的成果。[2] 无论这些算不算评注家的过度解读，像莎士比亚这样对词语本身的音、形、义着迷的诗人，能够于创作的同时在有意无意中享受文字游戏带来的乐趣，这一点是毫不奇怪的。

作为倒数第二首惜时诗，商籁第 16 首其实是最后一

1 Stephen Booth ed., *Shakespeare's Sonnets*, p. 86.

2 Helen Vendler, *The Art of Shakespeare's Sonnets*, p. 115.

首纯粹劝诫繁殖的惜时诗。相对于已经试探着用诗艺取代繁殖的第 15 首，它或许是一种"倒退"，但对于接下来的商籁第 17 首——一首既是惜时诗又可以被看作元诗的双体十四行诗，本诗又是一种必要的助跑。

俊美青年候选人南安普顿伯爵的"柯布肖像"

(Chandos Portrait)

将来，谁会相信我诗中的话来着，
假如其中写满了你至高的美德？
可是，天知道，我的诗是坟呵，它埋着
你的一生，显不出你一半的本色。

如果我能够写出你明眸的流光，
用清新的诗章勾出你全部的仪容，
将来的人们就要说，这诗人在扯谎，
上天的笔触触不到凡人的面孔。

于是，我那些古旧得发黄的稿纸，
会被人看轻，被当作嚼舌的老人；
你应得的赞扬被称作诗人的狂思，
称作一篇过甚其词的古韵文：

　　但如果你有个孩子能活到那时期，
　　你就双重地活在——他身上，我诗里。

Who will believe my verse in time to come,
If it were fill'd with your most high deserts?
Though yet, heaven knows, it is but as a tomb
Which hides your life and shows not half your parts.

If I could write the beauty of your eyes
And in fresh numbers number all your graces,
The age to come would say 'This poet lies;
Such heavenly touches ne'er touch'd earthly faces.'

So should my papers, yellowed with their age,
Be scorn'd like old men of less truth than tongue,
And your true rights be term'd a poet's rage
And stretched metre of an antique song:

But were some child of yours alive that time,
You should live twice, in it and in my rhyme.

商籁第 17 首是惜时诗组诗中的最后一首，其最终的论证依然是劝说俊美青年珍惜年华，趁早诞下子嗣；但通篇的主题却关乎诗人自己的技艺，关乎"我的诗篇"（my verse）。在这一意义上，本诗已经是一首"准元诗"，一首向第 18 首开始的元诗系列的过渡之作。开篇伊始，诗人揣度着自己的作品在未来读者眼中的可信度：

Who will believe my verse in time to come,

If it were fill'd with your most high deserts?

Though yet, heaven knows, it is but as a tomb

Which hides your life and shows not half your parts.

未来时代的读者谁会相信我的诗篇

即使其中写满对你美德的盛赞？

然而天知道，我的诗不过是一座坟

藏起你生命，未能展示你的一半。

（包慧怡 译）

短短四行中浓缩着一个让步和一个转折。"我的诗篇"，以它现在的状况，都无法被未来的读者相信——现在的状况就是半遮半显，写不出"你"一半的好，一半的真容。然而，假使"我"能百分之百、如实地写出"你"的好，假使"我"的诗艺能够更加完美，其效果却只会适得其反：更完美的技艺将使未来的世代更加不相信会有"你"这样完美的人。把自己的诗篇比作俊友的坟墓，这一奇喻在商籁第 63 首和第 65 首中也会出现，而在商籁第 81 首（《墓志铭元诗》）中尤为显著：

Your monument shall be my gentle verse,

Which eyes not yet created shall o'er-read;

And tongues to be, your being shall rehearse,

When all the breathers of this world are dead (11.9–12)

你的纪念碑将是我温雅的诗辞，

未来的眼睛将熟读这些诗句，

未来的舌头将传诵你的身世，

哪怕现在的活人都已经死去

第 81 首是一首更纯粹的元诗，坟墓／纪念碑的比喻是诗人自信的表现，他相信自己的"温柔的诗篇"能够成为保存俊友精魂的载体。但在严格说来尚属于惜时诗的商籁第 17 首中，坟墓这个比喻强调的却是诗歌艺术的能力的有限性，强调"我"写下的诗篇远不能恰如其分地保存"你"的美好。下一节四行诗则假设有朝一日，"我"的诗艺能够和"你"的美匹配：

If I could write the beauty of your eyes

And in fresh numbers number all your graces,

The age to come would say 'This poet lies;

Such heavenly touches ne'er touch'd earthly faces.'

如果我能够写出你明眸的流光，

用清新的诗章勾出你全部的仪容，

将来的人们就要说，这诗人在扯谎，

上天的笔触触不到凡人的面孔。

这一节用的是虚拟式，假如有一天（虽然这一天很可能不会到来），"我"的技艺真的足以描摹你双眸的美丽，并在"新鲜的诗行"（fresh numbers）中一一点数"你"所有的优雅，那会发生什么呢？第 6 行中第一个 numbers 作名词，指诗行（verses），也影射诗人对自己尚不成熟的技艺的自谦。都铎时期的英语诗歌多为韵诗，最常见的就是莎翁自己在十四行诗系列中采取的五步抑扬格（iambic pentameter），每行十个音节，五个音步（一个非重音音节加一个重音音节），刚起步写诗的新手有时需要边写边数音节才能写出合韵的诗歌，故屠译处理作"清新的诗章"。诗人自谦说，即使有朝一日"我"的作品完善到可以一个不少地历数（第 6 行中的第二个 number 为动词）"你"全部的优点，未来的读者也不会相信真有这样完美的人，会说"我"

是个撒谎的诗人，因为这样完美的"笔触"（touches）只属于天堂，不会"触碰"（touch）凡胎肉身。第三节四行诗中接着说，即使"我"的技艺真有如此写实的那天，它所描摹的"你"的真实的完美也会被误解为"诗人的疯狂""老叟的谎言"以及"古老歌谣的牵强音节"：

So should my papers, yellowed with their age,

Be scorn'd like old men of less truth than tongue,

And your true rights be term'd a poet's rage

And stretched metre of an antique song

于是，我那些古旧得发黄的稿纸，

会被人看轻，被当作嚼舌的老人；

你应得的赞扬被称作诗人的狂思，

称作一篇过甚其词的古韵文

这里诗人提到了自己作品的物质载体：纸张（my papers）。无论是仅供小范围流通传阅的手抄本（manuscript）使用的羊皮纸或平价手写纸，还是 1609 年之后正式出版的印刷品纸张，写着文字的书页终究会泛黄、变脆、朽坏并且最终消失无踪。并且，就如诗中反复论述的，任何时代的读者都倾向于怀疑诗歌的真实性，文学所提供的知识不属于经验上可证实的领域。关于"你"的美，真正可以归入

"眼见为实"的证据的，是活生生的肉身的延续。因此诗人在最后的对句中提出了类似于上"双保险"的建议：也生孩子吧，同时"我"也不会停止为"你"写诗，这样"你"的永生就能得到双倍的保障——在"你"的孩子身上，在"我"的韵律／诗行中：

But were some child of yours alive that time,

You should live twice, in it and in my rhyme.

但如果你有个孩子能活到那时期，

你就双重地活在——他身上，我诗里。

商籁第 17 首同时是终点和起点，1—17 首"惜时诗"组诗就此彻底终结。从第 18 首开始，"元诗"系列将为我们推开莎士比亚十四行诗镜迷宫中崭新的门扇。

"古旧得发黄的稿纸"，《林迪斯芳恩福音书》，
8世纪英国

我能否把你比作夏季的一天？

你可是更加可爱，更加温婉；

狂风会吹落五月的娇花嫩瓣，

夏季出租的日期又未免太短：

有时候苍天的巨眼照得太灼热，

他金光闪耀的圣颜也会被遮暗；

每一样美呀，总会失去美而凋落，

被时机或者自然的代谢所摧残；

但是你永久的夏天决不会凋枯，

你永远不会丧失你美的形象；

死神夸不着你在他影子里踯躅，

你将在不朽的诗中与时间同长；

只要人类在呼吸，眼睛看得见，

我这诗就活着，使你的生命绵延。

Shall I compare thee to a summer's day?

Thou art more lovely and more temperate:

Rough winds do shake the darling buds of May,

And summer's lease hath all too short a date:

Sometime too hot the eye of heaven shines,

And often is his gold complexion dimmed,

And every fair from fair sometime declines,

By chance, or nature's changing course untrimmed.

But thy eternal summer shall not fade,

Nor lose possession of that fair thou ow'st,

Nor shall death brag thou wander'st in his shade,

When in eternal lines to time thou grow'st.

    So long as men can breathe, or eyes can see,

    So long lives this, and this gives life to thee.

这首以"夏日"开篇并将其作为核心喻体的十四行诗是整个诗系列中的第一首"元诗"（metapoem）。何为元诗？从词根上说，metapoem 一词来自古希腊语前缀 μετά-（在……之后 / 在……过程中 / 关于……进行反思）+ 动词 ποιέω（制造，创作），直译为"在创作之后"或者"反思创作"。简单说来，所谓元诗就是讨论诗艺本身，或处理诗歌写作的主题或其他方面的诗，可以说是对"写诗"这一行为的意义、动机、过程和技巧的自我审视。在商籁第 18 首中，我们要到第三节四行诗和对句中，才能看出它"元诗"的基调。

"我能否将你比作夏日的一天?"这一或许是英语诗歌中最著名的问句立刻引出了对自己的否定：不，你不该被比作夏日，因为"你比它更可爱也更温和"（Thou art more lovely and more temperate）。temperate 一词还有"节制、平衡"的意思，经典韦特塔罗牌大阿卡纳第十四张牌"节制"就叫作 Temperance（马赛牌中的 la Tempérance，维斯康蒂牌中的 la Templanza）。"夏日"的不完美之处在于不够节制，在于一系列的"过度"，诗人对这些过度进行了列举：夏日的风"太狂野"（或许是在暴雨前），会摧折五月柔嫩的蓓蕾；夏日的租期"太短"；夏日的太阳（eye of heaven）照射得"太灼热"；其金色的面庞又"太经常"地被（乌云）遮蔽变暗——总之，夏日是反复无常的、暴烈的、过度而失衡的、转瞬即逝的。这在第二节四行诗中被归纳为:(在夏日中)一切美丽的事物(every fair)都会从(完美状态的,或者理念中的)"美"(fair)那里衰减。"美"会处于一种不可逆的持续递减中;就如造成这种衰减的自然界的四季更迭一样不可中止(untrimmed):

And every fair from fair sometime declines,

By chance, or nature's changing course untrimmed.

每一样美呀,总会失去美而凋落,

被时机或者自然的代谢所摧残

今天的读者通常不会把"五月"看作一个夏季的月份,因此稍加细读会发现第一节第3行中的不合逻辑之处:为何夏日的不完美中包含着对"五月的娇花嫩瓣"(梁译为"五月柔嫩的蓓蕾")的摧残(Rough winds do shake the darling buds of May)? 夏日是穿越了吗? 一些学者的解释是,夏日摧残的是"曾经在春日初绽的"蓓蕾——可是春日的蓓蕾到夏日会成为盛开的花朵,那么被夏日摧折的就不再是蓓蕾。另一些学者的解释是,那些蓓蕾是在夏日到来之前被摧残的——可是此处通篇都在罗列"不能把你比作夏日"的理由、夏日不完美的理由,而"春日的狂风摇落五月的蓓蕾"则完全不能用来证明夏日的缺憾。

我们依然需要回到语言本身。如果把时钟从莎士比亚写作的年代往回拨两个世纪，包括杰弗里·乔叟（Geoffrey Chaucer）在内的伦敦地区的英语作家们使用的语言正是莎士比亚写作语言（早期现代英语）的前身，即中古英语。在中古英语中，summer 这个词（经常拼作 sumer 或 somer）可以表示春分日与秋分日之间的任何时节，也就是说，四月初到八月底之间的任何一天，都可以被安全地称作"夏日的一天"。语言的嬗变从来不是一朝一夕之事，虽然莎士比亚在两百年后的 16 世纪写作，其时的 summer 一词仍然保留了与它的中古英语祖先同样宽广的能指范围。中古英语的 sumer 与中世纪拉丁语中的 *aestas* 一词对应——后者在《布兰诗歌》（*Carmina Burana*）等文学作品中常被用来表示"春天"——以至于中世纪英格兰诗人提到"春天"时几乎从来不使用"spring"一词，而都用更灵活的 sumer 来指代。比如下面这首写于 13 世纪的中古英语"归春诗"，其诗题《春日已降临》（*Sumer is Icumen in*）就体现了这一用法，以下是它的第一节：

Sumer is icumen in

Lhude sing, cuccu!

Groweþ sed and bloweþ med

And springþ þe wde nu.

Sing, cuccu!

春日已降临

高声歌唱，布谷!

种籽萌芽，草甸开花

森林正在破土而出

唱吧，布谷!

（包慧怡 译）

学者们校正罗马儒略历的算法偏差后，通常将《春日已降临》一诗描写的时节定在四月中旬，也正是布谷鸟来到英国南部海岸的季节。类似地，我们应当将莎士比亚的诗歌放进英语语言发展史的语境中去看——16 世纪无疑是一个英语从中古英语逐步过渡转型为现代英语的关键时期——虽然莎士比亚的作品中已频频使用 spring 这个词来指代一般意义上的春季，但他时不时仍会在更古早的意义上使用 summer 这个词，这是一点也不奇怪的。如此，商籁第 18 首中的 summer 和它的前身 sumer 一样，可以指四月至八月间的任何月份，当然也就包括五月；换言之，本诗中的五月就是一个 summer 的月份，属于广义上的"夏日"，那么初夏季节的风会吹落当季（五月）绽放的花蕾，在岁时、语言和逻辑上就都能完全说通。

关于这一行还有一个疑点，即这种娇滴滴的"五月柔嫩的蓓蕾"（darling buds of May）究竟是哪种植物的花苞？几百年来，学者们提出过各种千奇百怪的假设，而我们的看法是，这种五月之花就是十四行诗系列中出现次数最多、象征意义也最丰富的那种花：玫瑰。英格兰的五月在本诗中虽有"夏日"之名，但我们都知道这个高纬度岛国即使在七八月的盛夏，温度也极少超过 25 摄氏度，更不消说初夏的五月（上文的 rough winds 之说并非夸张），但五月恰有适宜英国本地大部分的玫瑰品种初次含苞欲绽的温度。《哈姆雷特》中，雷欧提斯将妹妹奥菲利娅比作"五月的玫瑰"："啊，五月的玫瑰! 亲爱的女郎，好妹妹，奥菲利娅! 天啊，一个少女的励志，也会像一个老人的生命一样受不起打击……"西德尼·比斯利认为雷欧提斯口中玫瑰的具体品种是樟叶蔷薇（拉丁学名 *rosa majalis*，英文名 cinnamon rose），它是英国本土蔷薇科植物中最早开花（五月初至五月中旬）的品种之一。[1]

比起植物学上的证据，我们有更多象征学上的理由来为商籁第 18 首中的玫瑰蓓蕾投票。无疑，早在古希腊罗马诗歌中，玫瑰就一直是"花中之花"、万花之王后，这一点到了莎士比亚时代（确切说是自都铎王朝起）还额外具有了重要的政治文化内涵。

莎士比亚的同辈人约翰·杰拉德在 1597 年出版的《草木志》中对它是这么描述的："玫瑰这种植物尽管是一种长

---

1 西德尼·比斯利，《莎士比亚的花园》，第 13—14 页。

满刺的灌木，却更适于也更便于被归入全世界最华贵的花朵之列，而不是归为低贱的荆棘类灌木。因为玫瑰在一切花朵中位置最为尊贵；它不仅因它的美貌、功能、四溢的香气而受人尊敬，更因为它是英格兰王权的荣耀和装饰……在最高贵的兰开斯特家族和约克家族的联合中。"杰拉德指的当然是都铎王朝的红白相间的族徽——都铎玫瑰，也是伊丽莎白一世众多服饰、珠宝和肖像画中不可或缺的符号。[1]

一种最为美丽却也脆弱的花，一种其文学上的象征地位得到了当权者的封圣式加持的至尊之花，将它的蓓蕾摇落，使它未能充分绽放就夭折，自然界的"夏日"时常犯下这样的罪过，当然远远谈不上完美，因此诗人不能把自己完美的爱人"比作夏日的一天"。但到了第三节中，诗人却通过一句神来之笔"但你永恒的夏日却不会陨落"（But thy eternal summer shall not fade），浑然天成般将"你"比作了另一种夏日：一种与自然界的夏日不同的，不像前者那般失衡且短暂，属于另一个世界的"永恒夏日"。但这转换要借助"我"的笔，借我写下的"永恒的诗行"（eternal lines）——在整个十四行诗系列中，头一回，诗人完全不再规劝他的俊友通过繁殖（和自然界的夏日一样，属于这个不完美的世界）来接近永恒，而是表现出一种昂扬的自信：就让"我"来替"你"繁殖，用"我"的诗歌，用

1 关于都铎玫瑰的缘起及著名公案，可以参见本书对商籁第98首（《红玫瑰与白百合博物诗》）的解析。

"我"的艺术,在一个"自然的四季更迭"(nature's changing course)够不到的世界里。商籁第18首作为"元诗"系列中的第一首,其金声玉振的最后两行并非终点,而是标志着一段崭新旅程的开始:

So long as men can breathe, or eyes can see,

So long lives this, and this gives life to thee.

只要人类在呼吸,眼睛看得见,

我的诗就活着,使你的生命绵延。

关于这首诗的研究可谓汗牛充栋,我们只有足够的篇幅集中解决其中一行的两个疑点。莎士比亚的理想读者恰恰需要做到这点:不放过任何细节,并且将诗歌放入语言、博物、文化的广博背景中细读,因为这一切对于孕育莎士比亚这样一位大魔法师而言都同等重要。

维斯康蒂塔罗中的"节制"牌

右为拿破仑皇后约瑟芬的御用玫瑰画师
雷杜德笔下的高卢玫瑰

饕餮的时间呵，磨钝雄狮的利爪吧，
你教土地把自己的爱子吞掉吧；
你从猛虎嘴巴里拔下尖牙吧，
教长命凤凰在自己的血中燃烧吧；

你飞着把季节弄得时悲时喜吧，
飞毛腿时间呵，你把这广大的世间
和一切可爱的东西，任意处理吧；
但是我禁止你一桩最凶的罪愆：

你别一刀刀镌刻我爱人的美额，
别用亘古的画笔在那儿画条纹；
允许他在你的旅程中不染杂色，
给人类后代留一个美的准绳。

  但是，时光老头子，不怕你狠毒：
  我爱人会在我诗中把青春永驻。

Devouring Time, blunt thou the lion's paws,
And make the earth devour her own sweet brood;
Pluck the keen teeth from the fierce tiger's jaws,
And burn the long-lived phoenix in her blood;

Make glad and sorry seasons as thou fleet'st,
And do whate'er thou wilt, swift-footed Time,
To the wide world and all her fading sweets;
But I forbid thee one most heinous crime:

O! carve not with thy hours my love's fair brow,
Nor draw no lines there with thine antique pen;
Him in thy course untainted do allow
For beauty's pattern to succeeding men.

Yet, do thy worst old Time: despite thy wrong,
My love shall in my verse ever live young.

本诗是莎士比亚"元诗"系列中的第二首，解析商籁第18首时我们说过，所谓"元诗"就是反思写诗、关于诗歌写作这门手艺的诗。不过，商籁第19首中直接讨论诗艺的部分要到全诗最后一行才出现，之前十三行是一场漫长的铺垫，其致意对象不是别人，正是"元诗"组诗中最迫切的在场之一：时间。从第一句"吞噬一切的时光"开始，这首商籁的前十三行交替着向"时间"发起多种言语行为：控诉、命令、祈愿等。

第一节四行诗中，诗人历数了时间对自然界中最雄伟的造物所犯下的罪行：磨钝雄狮的利爪、拔掉猛虎的尖牙、烧死永生的凤凰。狮子和老虎是百兽之王，凤凰是传说中能够浴火重生的百鸟之王，诗人让时光肆意屠戮这些本应最接近不朽的动物，而且不是通过自然死亡的形式，而是要拔牙磨爪，使之残废，也就将"时间"（Time）塑造成了"自然"或"造化"（Nature）的敌人，仿佛前者的使命就是要毁灭后者所孕育的一切美好事物，时间在此节中犯下了一系列反自然（*contra natura*）的罪行。

其中第一节第 2 行中，时间还做了另一件事：让大地吞噬她自己甜美的子嗣（make the earth devour her own sweet brood）。假如我们记得这一节的主语都是"时间"，就会在这句里发现反常之事。古希腊神话中，最著名的吞噬自己子嗣的神是一位男神，也就是提坦神克罗诺斯

（Cronus），后来奥林匹斯主神宙斯的父亲。希腊神话中的克罗诺斯后来被等同于罗马神话中的萨杜恩（Saturn），农事之神，丰收之神，土星的人格化。根据荷马的同时代诗人赫西俄德在《神谱》中的记载，克罗诺斯为了推翻自己的父亲天空之神乌拉诺斯（Uranus）的统治，用一把大镰刀阉割了乌拉诺斯，并把后者的睾丸抛入海中，从激起的白沫中诞生出爱与美女神阿芙洛狄忒。克罗诺斯取代自己父亲统治的时期被称作黄金年代，但有预言说他自己的儿子将会重复这一过程，推翻克罗诺斯的统治。为了防止预言成真，克罗诺斯先后吞下了他与自己的姐姐瑞亚（Rhea）生下的六个孩子，先后是丰收女神德墨忒耳、女灶神赫斯提亚、后来成为宙斯妻子的赫拉、海神波塞冬、冥神哈迪斯和宙斯。但瑞亚为了救下宙斯，给一块大石头裹上襁褓，狸猫换太子骗过了克罗诺斯，所以克罗诺斯最后一个吞下的不是宙斯而是石头。日后宙斯果然实现预言，不仅迫使父亲吐出了自己的五个手足，还在长达十年的"提坦大战"（Titanomachy）中推翻了克罗诺斯一族的统治，开辟了奥林匹斯众神的新时代。

到了柏拉图、普鲁塔克、西塞罗等年代更晚的希腊和罗马作家笔下，克罗诺斯的名字逐渐与古希腊语中的"时间"（Chronos）联系在一起，提坦神克罗诺斯逐渐成为了人格化的时间。而克罗诺斯吞噬自己孩子的形象，代表过去的提坦旧神吞噬代表未来的奥林匹斯众神这一叙事，也与时间吞噬一切的譬喻不谋而合。因此，原先的丰收之神"克罗诺斯－萨杜恩"逐渐转化成了毁灭一切的时光之神，丰饶变成了贫瘠，变成了使一切化为贫瘠的能力。而在早期图像学传统中，克罗诺斯手中的镰刀（原本是他用来阉割自己的父亲乌拉诺斯的武器）后来也演变为时间的象征：仿佛人格化的时间可以切断一切，收割一切，包括万物的生命。到了中世纪，手握镰刀的"时间"最终与"死神"的形象——所谓"严酷的收割者"（the Grim Reaper）——合二为一，时间与死亡的人格化图像在中世纪艺术中常常难以区分。

回到商籁第 19 首第 2 行，吞噬一切的时光不仅灭绝造物，甚至要逼迫大地吞噬"她的子嗣"。这里的"她"，原文中用的是女性的 her，希腊神话中的大地女神盖娅（Gaia）原本是克罗诺斯的生母，吞噬子嗣的本来是"时间"之神克罗诺斯本人，在诗人的妙笔下，这位大写的、人格化的男性时间之神却还要自己的母亲来背锅，"命大地吞噬自己宠爱的幼婴"（And make the earth devour her own sweet brood）。莎士比亚对"时间"的谴责和控诉可谓登峰造极。

本诗第二节四行诗继续谴责"捷足的时间"（swift-footed Time），罗列他的罪行，但比起第一节，第二节中描述的时光的属性反而较为"顺应自然"。时光飞逝带来时岁的枯荣（原诗中所谓欢乐和悲伤的季节，glad and sorry seasons），也让甜美的花朵及其他作物凋谢（原诗中的 fading sweets），这些是我们预料之中的时间的属性。但是诗人在第二节最后一行笔锋一转，突然向时间发出禁令，"我禁止你（时间）犯下这最为十恶不赦的大罪"（But I forbid thee one most heinous crime）。紧接着在下一行，仿佛意识到凡人向时间发起挑战乃至发号施令的荒谬，"我"的口吻立刻转为了祈求，也就是第三个四行诗的前两句，"噢! 不要去雕刻我爱人俊秀的眉毛，不要用你古旧的笔在那里画线"（O! carve not with thy hours my love's fair brow, /Nor draw no lines there with thine antique pen）。"我"转而苦苦哀求时间之神，不要在俊友青春的脸庞上刻下皱纹，不要令他的容颜衰老。时间被比作一名居心叵测的艺术家——先是雕刻家（carve），再是画家（draw）——这一比喻在本节后两句中延续: 不要弄脏"我"爱人的脸，就像弄脏一张白纸，因为他的脸为后人保留着"美"的原型（beauty's pattern）。

到这里（第12行），前文所谓时光能犯下的最可憎的罪行（most heinous crime）才揭开谜底——所谓十恶不赦的大罪尚不在于夺去自然界造物的生命，甚至不在于摧毁最美的个体本身，而在于摧毁"美"的原型。因为个体生命若消逝，只要基因继续流传，"美"还可以在后世重现，但若时光残忍地在最美的个体，也就是此诗中"我的爱人"尚未来得及繁衍后代时，就摧毁他身上"美"的原型，那么"美"将无以为继。最大的罪行在于破坏原型（pattern），破坏形式或理念（form），这是典型柏拉图主义的观点，也与此前惜时诗系列中诗人催促俊友及时繁衍的主题相契。

只不过诗人在最后的对句中再次笔锋一转，突然放弃了对时间的一切呼吁和求告，放弃了之前所有试图用某种言语行为来感化时间的努力，仿佛意识到时间的意志不可能被干扰和改变。莎士比亚终于在全诗的末尾画龙点睛，进入其元诗系列的一个核心议题：对自己的手艺、对自己的诗歌才能的自信。和商籁第 18 首中一样，这份自信甚至能战胜时光摧残美貌的必然性。"我"在本诗中最后的宣言是：时间，"你"尽可以作恶，甚至犯下破坏原型的大错，但"我"将在"我的诗篇"中为"美"重建原型，让爱人的美在艺术中永葆青春。

Yet, do thy worst old Time: despite thy wrong,

My love shall in my verse ever live young.

但是，时光老头子，不怕你狠毒：

我爱人会在我诗中把青春永驻。

《克罗诺斯吞噬自己的孩子》，鲁本斯

你有女性的脸儿——造化的亲笔画，
你，我所热爱的情郎兼情女；
你有女性的好心肠，却不会变化——
像时下轻浮的女人般变来变去；

你的眼睛比女儿眼明亮，诚实，
把一切看到的东西镀上了黄金；
你风姿特具，掌握了一切风姿，
迷住了男儿眼，同时震撼了女儿魂。

造化本来要把你造成个姑娘；
不想在造你的中途发了昏，老糊涂，
拿一样东西胡乱地加在你身上，
倒霉，这东西对我一点儿没用处。

　　既然她造了你来取悦女人，那也好，
　　给我爱，给女人爱的功能当宝！

A woman's face with nature's own hand painted,

Hast thou, the master mistress of my passion;

A woman's gentle heart, but not acquainted

With shifting change, as is false women's fashion:

An eye more bright than theirs, less false in rolling,

Gilding the object whereupon it gazeth;

A man in hue all hues in his controlling,

Which steals men's eyes and women's souls amazeth.

And for a woman wert thou first created;

Till Nature, as she wrought thee, fell a-doting,

And by addition me of thee defeated,

By adding one thing to my purpose nothing.

    But since she prick'd thee out for women's pleasure,

    Mine be thy love and thy love's use their treasure.

商籁第 20 首是一首别开生面的、反思"创造"的元诗。与之前的元诗不同，本诗中的"创造者"是大自然本身，而"作品"则是"俊美青年"自己。学者们相信此诗中暗藏了历史上俊美青年的真实姓名。此外，此诗中直白的同性爱和性的表述，都使它成为最著名的十四行诗之一。

奥维德《变形记》卷十第 220—297 行通过俄耳甫斯之口讲述了著名的皮格马利翁（Pygmalion）的故事，说是塞浦路斯国王兼雕塑家皮格马利翁"看到（本国的）这些女子过着无耻的生活，看到女子的生性中竟有这许多缺陷，因而感到厌恶，不要妻室，长期独身而居。但同时他运用绝技，用一块雪白的象牙，刻成了一座雕像，姿容绝世，绝非肉体凡胎的女子可以媲美。他一下就爱上了自己的创造物……皮格马利翁赞赏不已，心里充满了对这假人的热爱……他在床上铺好紫红色的褥子，把它睡在上面，称它为同床共枕之人"。[1]

这个故事不仅在创造者爱上被造物（雕塑家爱上雕像）这一核心主题上与商籁第 20 首如出一辙，就连皮格马利翁的厌恶女性（misogyny）——奥维德安排讲这个故事的竖琴诗人俄耳甫斯同样是一名著名的厌女者，最后被酒神狂女们悲惨地肢解——也同莎士比亚这首十四行诗中的叙事者毫不掩饰地表露出来的一模一样，即第 3 行至第 5 行：

---

1 奥维德、贺拉斯，《变形记·诗艺》，第 270—272 页。

A woman's gentle heart, but not acquainted

With shifting change, as is false women's fashion:

你有一颗温柔的女人心，却不习惯

朝三暮四，那是爱说谎的女人的伎俩：

An eye more bright than theirs, less false in rolling

你的眼睛比女人的更明亮，却没那么虚假

（包慧怡 译）

事实上，本诗中"你"的性别一直是在与"女人"的对参中不断商榷并确立的。自然一开始就"亲手为你画了一张女人的脸"（A woman's face with nature's own hand painted）；"你"是"我情欲的主人－女主人"（Hast thou, the master mistress of my passion）；"你"的美"偷走男人的眼睛，惊动女人的灵魂"（Which steals men's eyes and women's souls amazeth）；"你"的身体却只能被女人享用（for women's pleasure）。而一切都起源于另一名女性——"造化"，即自然女神本人（Nature）——"你"起先是作为一个女人被自然女神创造的：

And for a woman wert thou first created;

Till Nature, as she wrought thee, fell a-doting,

And by addition me of thee defeated,

By adding one thing to my purpose nothing.

造化本来要把你造成个姑娘；

不想在造你的中途发了昏，老糊涂，

拿一样东西胡乱地加在你身上，

倒霉，这东西对我一点儿没用处。

　　一切的吊诡之处就在于，自然女神原先创造的是一位她的同性，但自然竟在造这个女人的过程中不知不觉爱上了她，和皮格马利翁一样爱上了自己的作品。但与皮格马利翁必须向维纳斯祈祷，才能借助神力让他的象牙美人变成活人不同，自然女神本就是一名神祇（和维纳斯一样古老的异教神），并且她本就是将"你"当作活人塑造。在爱上同为女性的"你"之后，仿佛为了要和其他普通女性一样享用"你"的身体（she prick'd thee out for women's pleasure），她在"你"身上增添了一样东西，一样对"我"毫无用处的东西。这也就使"我"（一个男人）不能在身体上占有"你"，不能以异性情人之间相爱的方式去爱"你"，因为在自然女神将"你"变成她的异性的同时，"你"也就成了"我"的同性。

　　许多学者曾揣度，这种就都铎时代的尺度而言露骨的同性爱表述是否会将作者置于危险之地——在伊丽莎白一世时代的新教英国，证据确凿的同性恋行为最高是可以判死刑的。但我们在细读后不难发现，第三节中"我"不能和被变作男性的"你"在身体上结合的表述，恰恰可以看作诗人的一种公开辩护，即自己对俊友的感情是基于审美的、柏拉图式的爱慕。自然通过添加一样东西将"我"（在追求"你"这件事上）击败（And by addition me of thee defeated），使"我"早就接受了不能与"你"肌肤相亲的事实，任何在这一方面涉及"我们"的定罪也就是站不住脚的。仿佛这是一种为提防潜在的文字狱风险而巧妙埋在诗中的辩护词。

But since she prick'd thee out for women's pleasure,

Mine be thy love and thy love's use their treasure.

既然她造了你来取悦女人，那也好，

给我爱，给女人爱的功能当宝！

诗人最后在对句中强调，自然决意选定"你"作女人们的情郎——这里的 prick thee out，除了做记号、勾选之意，也有"给你增加一个阳具"（prick 是 penis 的俚语表达）的双关义。"我"接受这一点，就让女人们享受你"爱情的功用"（love's use）。此行中诗人把"爱情的功用"与真正的"爱"（love）人为对立起来："爱情的功用"被用来专指爱情中动物性的身体结合，而"我"则珍藏"你的爱"（thy love），在"我"心中，也在"我"的诗中。让"我"成为自然女神一样的皮格马利翁吧，作为另一门类的手艺人和创造者，"我"将在诗中重新为"你"塑形，赋予"你"自然不曾赐予的永生。

　　这首诗的第 7 行字面称颂青年的姿容，"你风姿特具，掌握了一切风姿"（A man in hue all hues in his controlling）。学界历来认为，在 hue 这个表示"色彩"的词语中隐藏着诗人的"俊友"，也就是十四行诗集题献语中神秘的"W. H. 先生"的真实身份。1609 年出版的四开本十四行诗集（Quarto）中将此行中的 hue 及其复数形式 hues 印作 hew 和 hews，有人说其中藏着南安普顿伯爵（Henry Wriothesley）或者彭布罗克伯爵（William Herbert）的姓名首字母，同时织入了莎士比亚自己的姓名首字母（William Shakespeare）；也有人认为 Hews 就是俊美青年的真实姓氏，只不过他不是什么贵族少爷，而是莎士比亚剧团里一个没有在历史上留下资料的少年演员，名叫威利·休斯（Willie Hughes）。在莎氏写作三个世纪后，奥斯卡·王尔德的《W. H. 先生的画像》以短篇小说的形式探索了这一此前无人问津的观点，身体力行地实践了他本人认为"批评家首先应该是一名艺术家"的信条。伊丽莎白时代戏剧中的青年女性角色都是由相貌俊秀的年轻男孩扮演的（女性出现在舞台上被认为有伤风化），这篇迷人的小说在历史背景和文本证据的缝隙间找到了游刃有余之地，一劳永逸地解决了题献中首字母是缩写 W.H. 而不是 H.W.，以及称谓是"先生"而非"爵爷／大人"的问题。同时，Willie 这个名字可以契合十四行诗中许多关于 will（意志、性欲等）的双关语，Hughes 这个姓氏又契合诗中关于 hues（色彩，美貌等）的双关语。虽然虚构小说的逻辑再完美，终究不能拿来作为考据诗中"俊友"确凿生平的证据，然而谁又能说，这种"以虚释虚"的做派，不比新历史主义等学派的乾嘉考据式激情，更接近莎士比亚全部戏剧和诗歌作品的精神底色（hues）呢？

《皮格马利翁与雕像》组画之二《缩回的手》,
爱德华·伯恩 – 琼斯(Edward Burn-Jones),
1878 年

我跟那位诗人可完全不同，
他一见脂粉美人就要歌吟；
说这美人的装饰品竟是苍穹，
铺陈种种美来描绘他的美人；

并且作着各种夸张的对比，
比之为太阳，月亮，海陆的珍宝，
比之为四月的鲜花，以及被大气
用来镶天球的边儿的一切奇妙。

我呵，忠于爱，也得忠实地写述，
请相信，我的爱人跟无论哪位
母亲的孩子一样美，尽管不如
凝在天上的金烛台那样光辉：

　　人们尽可以把那类空话说个够；
　　我这又不是叫卖，何必夸海口。

So is it not with me as with that Muse,

Stirr'd by a painted beauty to his verse,

Who heaven itself for ornament doth use

And every fair with his fair doth rehearse,

Making a couplement of proud compare'

With sun and moon, with earth and sea's rich gems,

With April's first-born flowers, and all things rare,

That heaven's air in this huge rondure hems.

O! let me, true in love, but truly write,

And then believe me, my love is as fair

As any mother's child, though not so bright

As those gold candles fix'd in heaven's air:

Let them say more that like of hearsay well;

I will not praise that purpose not to sell.

本诗在整个诗系列中第一次提到了第一人称"我"之外的另一位诗人——虽然仅仅是通过暗示,这位"对手诗人"(Rival Poet)真正粉墨登场是在商籁第76—86首中——关于历史上这位对手诗人真实身份的猜测和推断,我们也将集中留到那些商籁的分析中进行。

全诗第一行中说"我的缪斯并不像那一位缪斯"(So is it not with me as with that Muse),直译为"在我这里,和那一位缪斯那儿情况不同",如果我们读到此处为止,那这里的"那一位缪斯",除了可以是九位缪斯女神中掌管抒情诗的欧忒耳佩(Euterpe)之外,还可以指涉:一、一种诗歌风格;二、以那一种诗歌风格写就的作品;三、写下那种诗歌的那位诗人。

无论是哪一种情况,作为诗人的第一人称叙事者"我"在开篇伊始就作出了明确的区分:"我"和"那位缪斯"的情况不同,激发后者去写诗的是一种画工之美(Stirr'd by a painted beauty to his verse)。paint 在早期现代英语中常常用来指女性化妆,涂脂抹粉,paint one's face,给自己画一张(与本来不同的)新脸,虽然没有中文里的"画皮"那么夸张,但无论如何,painted beauty 都是 natural beauty(自然的美)的反面,一种矫揉造作的美。如果我们继续注意到 stirr'd by a painted beauty to his verse 中"诗句"(verse)前的人称代词是男性的(his),上一行中"那位缪斯"的身份就可以有个更确凿的指向了。虽然希腊神话中的缪斯通常指一位或一群女神，但第21首商籁中"缪斯"这个名号却被用来指代写下矫揉造作之诗的某位男性对手，"那位缪斯"已从赫利孔山降落凡间，是一个和莎士比亚一样苦心经营诗句的凡人。

在第一节四行诗的后两行和第二节四行诗中，"我"概述了这位对手诗人的典型风格：工于藻饰，爱用华而不实的比喻，时不时就要惊动头上的苍穹，把天空拿来作他诗句中的装饰物（heaven itself for ornament doth use），还喜欢用浮夸又自大的对偶（Making a couplement of proud compare'），把日月星辰、海陆空三界的珍奇造物，甚至是"寰宇用它浩渺的怀抱围起的一切稀罕之物"（all things rare /That heaven's air in this huge rondure hems），都拿来瞎比一通。couplement 是从动词形式的 couple 衍生而来的名词，在莎士比亚之外的现代英语中极少出现，这里就是指把两样（本来不相干的东西）放在一起作比。

Making a couplement of proud compare'
With sun and moon, with earth and sea's rich gems,
With April's first-born flowers, and all things rare,
That heaven's air in this huge rondure hems.
并且作着各种夸张的对比，

比之为太阳，月亮，海陆的珍宝，

比之为四月的鲜花，以及被大气

用来镶天球的边儿的一切奇妙。

　　"我"暗示，对手诗人把歌咏对象比成日月星辰，不仅是犯了"骄傲"之罪（proud compare），还犯了修辞上的陈词滥调之罪，即第 4 行中所谓"铺陈种种美来描绘他的美人"（every fair with his fair doth rehearse）。我们还原倒装句的句序后，可以看到对手诗人被描述为（he）doth rehearse every fair with his fair，第一个 fair 泛指宇宙中一切美丽之物，后一个 fair 特指对手诗人作品中的致意对象。而 rehearse sb.（彩排）原指在舞台上一遍遍地教演员重复出自他人之手的台词，直译为"把所有的美人排演成他的美人"。至此，莎氏对那位对手诗人缺乏原创性的讽刺再辛辣不过了："那位缪斯"不过是在鹦鹉学舌地重复所有他读到过或听到过的华美句子，堆砌一通，去赞美"他的美人"。

　　这就很自然地引出第三节四行诗，也是全诗的转折段中的感慨："噢，既然我心中的爱是真的，就让我的笔端只写下真的诗行。"（O! let me, true in love, but truly write）诗人单方面宣布了他的诗学准则：一个人如果真心爱，也就必须如实写。潜台词即，"我"的做法与对手诗人恰恰相反，他的修辞习惯是夸张、排比、藻饰、拾人牙慧，简而言之，是"假"的书写、"画皮"的书写。而"我"的爱既真，"我"笔下的爱人也就朴实，无法和天上的事物作比，如第11—12行所言，比不上天穹中金黄的蜡烛那般明亮（not so bright/As those gold candles fix'd in heaven's air）——"空中金黄的蜡烛"是文艺复兴诗歌中"星星"的一个常用代指词。但"我"的爱人的美貌不比任何凡人逊色（as fair/As any mother's child），"任何母亲的孩子"（any mother's child）是莎士比亚用来指"一切凡人"的惯用法，我们在《麦克白》中女巫的预言里可以看到这一惯用法在语言上可以被钻的空子。

Let them say more that like of hearsay well;

I will not praise that purpose not to sell.

人们尽可以把那类空话说个够；

我这又不是叫卖，何必夸海口。

诗人在对句中再次点出对手诗人创作中的两大弊端：一、热衷于照搬道听途说，缺乏原创性（like of hearsay well，再次呼应上文所说的 rehearse every fair with his fair）；二、喜欢夸大其词（say more，补全省略的内容就是 say more than what is true）。两种笔端都源自对手诗人的创作动机：和"我"不同，他所写并非出自真心，他的笔下溢出赞美的言辞，但不是为了爱，而是最后一行中点明的"为了出售"（that purpose, which is to sell），卖他的诗，也卖他诗中美人的形象。为了卖出好价钱，就必须 say more，比真实说得更多，这是典型的商贾作风。而"我"不是商人，却是一个恋爱中的爱人；"我"的目的不是贩卖，只是如实书写下爱人的美。

到了最后，商籁第 21 首这首元诗反映出的不仅是诗人对他的爱人的美貌的自信、对自己诗歌技艺的自信，更是一种创作信条：即使在具有悠久的虚构传统的诗歌写作中，"真"（truth）依然是一种不可逾越的美德。而如何把动机上的真、"真之心"，可信地转化为技艺上的真、"真之诗"，这就是诗歌的艺术需要解决的问题。"真"从来不是一门轻易的手艺。

弗朗切斯科·德·科萨（Francesco del Cossa）
手绘油彩，掌管抒情诗的缪斯欧忒耳佩

耳朵向自然女神抱怨没有如眼睛那样得到
眉毛的保护,《自然智慧之书》(*Das Buch
der natürlichen Weisheit*), 15 世纪手稿